JN088797

soredemo
sekai wa
mawatteiru

それでも世界は回っている

3

吉田篤弘
Atsuhiro Yoshida

Orio

徳間書店

目次

Contents

もくじ

装幀――クラフト・エヴィング商會［吉田浩美・吉田篤弘］
イラスト――著者

それでも世界は回っている

3

31……世界の半分の「夜」

この世界はいつでも、その半分は眠っている。

地球の半分は常に夜で、いついかなるときでも、それは変わらない。

だけど、僕たちはときどき、そんな大事なことを忘れてしまう。皆一緒に陽の光を感じて昼を過ごし、陽が暮れたら夜になって、皆一緒に眠りに就いていると思ってしまう。

実際は、いつでもこの世の半分は眠っているのだ。

「驚いちゃうよな」

ある日、マリオがいれたてのコーヒーを僕に差し出しながら云った。

「半分だぜ？　しかも常にだぞ。常に半分は暗くて眠ってる。そんなの当たり前の話なんだろうが、俺はいままで、一度も意識したことがなかった」

僕も同じだ。そればかりか、僕は地球が回っていることさえ忘れてしまうときがある。

「どうだ、落ち着いたか」

叔父さんの優しい声がすぐそばにあった。

「どこでもいい。どこか、あったかいコーヒーが飲めるところに落ち着こう」

叔父さんは僕の肩を抱いたまま、リリボイ駅の広い——本当にあまりに広すぎる——構内を見渡した。

青い帽子のラリーが、この駅は「世界」なのだと云っていた。だとすれば、この駅にもまた昼と夜があるのかもしれない。

おそらく、僕も叔父さんも、いまは夜の側に身を置き、コーヒーを飲むことで、この「世界」に生きていることを味わった方がいい。そうしないと、知らないあいだに、あちらの方へ連れ去られてしまうような気がする。

「階下へおりてみよう」

叔父さんの声だけが聞こえ、僕は駅の中をどんなふうに進んだのか思い出せない。記憶が細切れになり、ところどころスキップして、残るものと残らないものがある。

あのときもそうだった。

父と母がいなくなり、あのとき、自分は何を考え、どこでどうしていたんだろう。覚えていることと覚えていないことがあった。

*

その店は、あきらかにこの世の夜の側に属しているようで、理由を説明するのは難しいけれど、店の中にひんやりとした夜の香りがあった。

たぶん、コンコースから階下へひとつおりた地下街の一角だ。

店の名は〈マリ〉。

〈マリオ〉に似ているけれど、もちろん何の関係もない。カウンターの中でコーヒーをつくっていたのはマリオとは似ても似つかない若い女性で、他の客から、「マリさん」と呼ばれていた。

少しずつスキップした記憶が正常に戻り、目の前にコーヒーがあらわれると、香りが鼻の奥まで、すっと入ってきた。頭の中のもやが晴れていくようだ。

「どうしたんだ、いったい？」

叔父さんが、店の壁に飾ってある青い海の絵を見ながら訊いてきた。

「ベルダさんの名前を呼んでいたようだったが」

「うん」

僕も海の絵を眺めながら答える。

「ベルダさんがいたんだ。でも、本当はそうじゃないんだろうね。ベルダさんはもういなくなってしまったんだし、あれはきっと幻なんだと思う」

壁に飾られた絵は額縁もなく、およそ五十センチ四方ほどの大きさだった。全面に青い絵の具が塗り重ねられ、ただそれだけなのに、それがどうして海に見えるのか分からない。

そこには無数の青がうごめいていた。

ひとつやふたつの青ではなく、数えきれないほどの青の混沌があった。その絵を描くためには、一番目から六番目の六つのブルーではとても足りず、この世界に存在する、僕の知らないありったけの青いインクや絵の具が使われたに違いない。数えきれないというよ

Mari

り、もはや数えることに意味などないのだと思えた。

（でも、きっと意味はあるんじゃないかな）

ココノツの声が静かに控えめに響いた。

（それって——）

と僕は訊き返す。

（あの絵に使われているブルーを数えることに意味があるってこと？）

（いえ、そうじゃないの）

ココノツの声は湯気とあいまってコーヒーカップの中から響いてくるようだった。

（ベルダさんの幻を見たことの意味よ）

ココノツの声に重なって、

「意味があるんじゃないかな」

叔父さんもまた同じことを云った。

「ていうのもさ、俺もときどき見ちまうんだよ。兄貴をね。ふとしたときにさ。あ、あそこに兄貴がいるって気づく。でも、もちろん、そんなはずがない。それで俺は何度も考えてきた。俺はそんなにも兄貴のことが忘れられないのかって」

叔父さんは海の絵を見ていたけれど、絵や海の向こうにある地球のもう半分の「夜」を見ていたんだと思う。

「いや、そうでもないよなって俺は俺に何度も云ってきた。もう、兄貴のことは忘れようぜって。いや、俺の中ではとっくに整理できてるんだ。なのに、不意に姿を見せやがる。で、ふと思った。これは、俺の側がどうこうじゃなく、兄貴の方が俺に何か云いたいことがあるんじゃないかって。それで、俺に会いに来てるんじゃないかって」

「云いたいこと？」

絵を見るのをやめて、叔父さんの横顔を見た。

「ああ。急に逝っちまったわけだからさ、いろいろ俺に云っておきたいことがあったんじゃないかな。いろいろっていうか、まぁ、お前のことだ。だから、兄貴の幻を見るたび、『大丈夫、心配することはない』って繰り返し云ってきた。オリオには俺がついているからって」

「それで？　それでも、父さんの幻は不意にあらわれるの？」

「そう──たまにね。だから、お前の師匠もさ、お前に云っておきたいことがあるんじゃないか？　何かしら意味があるんだよ、きっと」

　そうなのかもしれない。

　そういえば、ベルダさんは誰かを探しているようだった。誰を探しているんだろうと思ったけれど、まさか僕だったとは。

（ねぇ）

　ココノツの声がいつもの調子に戻っていた。

（それってやっぱり、〈六番目のブルー〉のことじゃないかな。そんな気がするの。だって、ベルダさんは自分の魂を〈六番目のブルー〉の壜(びん)の中に宿らせるって云ったんでしょう？）

　たしかにそうだ。どうしてそんなことを云ったんだろうと考えてみれば、ココノツの云うとおりかもしれない。

「たしか、あの鬚(ひげ)の博士が云ってたよな」

そう云い出したのは、ココノツではなく叔父さんの方だ。

「ベルダさんは、色ってものを知りたがっていたって。それで、博士から〈六番目のブルー〉を教わったわけだろう？　たぶん、お前の師匠も、なぜその色が特別なのか知りたかったんじゃないか？　でも、それを知る前に逝っちまったわけだ。だから、お前に託したいんだよ。そのブルーの秘密をお前に解き明かしてくれって云ってるんじゃないか？」

本当に？

ベルダさんはそれを伝えたくて、こんなところまで僕に会いに来たんだろうか。

（そういうことじゃないかも）

ココノツが答えてくれた。

（そのリリボイっていうところは、あの世とか、あちらの世界とかに通じているんじゃない？　なんとなく、終着駅ってそんなところじゃないかって思うの。云ってみれば、行きどまりみたいなもんだし。そこから先はもう、あちらの世界なのよ。だから、その駅には、あちらの世界が少しずつ侵食しているんだと思う。それで、ときどきおかしなことが起きるの。時間が巻き戻ったり、もうこの世にいない人が姿を見せたり）

（どうしたらいいんだろう）

（あのね、オリオ。この世って、うまいこと出来ていて、終着駅っていうのは始発駅でもあるのよ。そこで、すべての列車は折り返して、また出発するの。つまりね――）

ココノツの話しぶりは確信を持っているかのようだった。

（ここからが、いよいよ本当の始まりってこと）

「いや、俺はこのごろ思うんだけどね」

急に叔父さんはそう云って言葉を切り、カウンターの中にいる女性に――マリさんにコーヒーのおかわりを注文した。

「いや、あのさ――人生においていちばん大切なことはさ、何かを引き継ぐってことじゃないかなって」

叔父さんはまた海の絵を見ていた。

「ただし、俺がいったい何を引き継いでいるのかはよく分からん。さっきも云ったとおり、兄貴の思いかもしれんし、ギターを弾くことがそれに当たるのかもしれん。ていうか、音楽っていうのは、そもそも誰かの思いを引き継ぐってことなんだよ。だって、俺は会ったこともない誰かがつくった曲を演奏したりするんだから。で、俺の演奏を聴いた誰かが、またその曲を演奏して誰かに聞かせる。そうやって、ずっとつづいてきたんだよ。これから先もね。俺はきっと、そのつづいていくってことに心を動かされて、音楽の道を選んだ。で、選んでからつくづく思い知ったんだ。つづいていくっていうのは、引き継ぐことなんだなって」

たぶん、そのとおりだ。僕もまたベルダさんがつづけてきたことを引き継ぎ、この先も誰かが引き継いでくれることを願っている。

「そうすれば、なくならないんだよ」

叔父さんが声を小さくした。

「引き継ぐっていうのは、ようするに、いなくなってしまった人や、なくなってしまったものを忘れないってことだ――いいか、もう一度、云っておくぞ――忘れないってことなんだよ。世界ってのは、まるで俺たちを置いてけぼりにして、ぐんぐん回りつづける。でも、大丈夫。俺たちにはいつでも最高の武器がある」

叔父さんはさらに声を小さくした。

「忘れないってことだ」

僕はあらためて叔父さんの横顔を眺めた。

これって、本当に叔父さんが云っているんだろうか。

もしかして――。

もしかして、ベルダさんですか?

いいえ、答えてくださらなくていいんです。答えを聞いてしまったら、何もかも消えてしまうような気がするから。

でも、もしベルダさんの魂がそのあたりにいまも漂っていて、僕をどこかへ導いてくれているのなら、僕はそれに従うつもりです。心配しないでください。

叔父さんは、「引き継ぐ」という云い方を強調しているけれど、それは僕にとって、ごく当たり前のことでした。

だって、僕は博物館の保管室の仕事をすることを夢見ていたのではなく――ええ、そうではないのです――僕はただ、ベルダさんのようになりたかったのです。ベルダさんのすべてを――技術や考え方や口ぐせのようなものまで、すべてを身につけたいと願っていました。でも、僕にとってベルダさんはあまりに偉大すぎて、まだすべてを身につけることができたとは思っていません。まだまだ学ぶべきことがたくさんありました。

ただ、習得していくことは、ベルダさんがこの世からいなくなっても、変わらずつづいているのだと思います。だから、僕がすべきことは決まっていて、たしかに叔父さんの云うとおり、「忘れない」ということです。

忘れるはずがありません。

すでにベルダさんは僕の体や心の一部になっていて――これまでは、どうしたら僕という人間がベルダさんの一部になれるんだろうかと考えてきましたが、いまは逆さまになって、僕の中にベルダさんが含まれているのを感じます。

ずっと、このままです。

忘れるはずがありません。すでにベルダさんは、僕の中の一部――僕自身なのですから。

32……デタラメな直感

「で、次はどうするのかって話だ」

　叔父さんは海の絵を見つめながら、僕に向かってというより、自分に問いかけるように云った。

「俺の見るところ、あのコズモとかいうインチキ歌手は、あの首から時計をぶらさげた――なんだっけ？」

「ハルカとカナタさんです」

「そう。そのハルカとカナタに丸めこまれたんだよ。まったく、やられたよ。ようするに、ハルカとカナタは歌詞を知りたいんだ。歌詞を理解できれば、そこに、お前が探しているインクにつながる手がかりが見出(みいだ)せる。残念だが、俺たちは『いつのまにか』の争いに敗れたんだよ」

叔父さんは苦々しげにコーヒーをすすった。

「おそらく、あのハルカとカナタは、『いつのまにか』どころか、時間そのものを操ることが出来るんだろう。あの時計でな」

叔父さんは、なんだか少しニヤついているように見えた。

たぶん、すべて直感——というか、デタラメに近い感覚で推察しているのだろう。それはそうなのだけれど、そんなふうにデタラメに口にしたことが、結局、本当のところであったりするのが、叔父さんのおそろしいところだ。

それとも、もしかして、直感というのはそういうものなんだろうか。

分からなくなってきた——。

デタラメと直感は何が違うんだろう。デタラメって何だっけ。


「アブドラ・ハブドラ・サブドラサ」

突然、叔父さんがそう唱えた。

十秒ほど沈黙し、右のこめかみに手を添えて目を閉じている。

このおまじないにしても、まるっきりデタラメに聞こえるけれど、叔父さんの説明によれば、「この世の常識で解けないものに参入するとき」に、この呪文が必要になるとかなんとか。ということは、叔父さんのデタラメな直感を信じるなら、僕たちはいま、「常識で解けないもの」

に参入しつつあるんだろうか。


「いらっしゃいませ」

カウンターの中でコーヒーカップを洗っていたマリさんが顔を上げ、いつのまにか、音もなく店の中に入ってきた客の姿を確かめていた。つられて僕もそちらを見ると、

「坊や、いくつ？」

マリさんがそのお客さん——というか、その少年に優しい声で訊いた。

「分かりません」

そっけない答え方からして、いかにも子供のそれで、単に体が小さいとか、子供用の三

角帽子をかぶっているとか、そんなことは関係ない。

これは僕の直感だけれど、彼はまだ六歳か七歳といったところだろう。

「坊や、一人なの？　お父さん、お母さんは？」

マリさんが、あくまでも優しくそう訊くと、少年は慣れた様子で僕らの隣のカウンター席によじ登るようにして座り、

「ぼくは子供じゃありません」

笑うでもなく怒るでもなく、平然と答えた。

その気持ちが手にとるように分かる。手にとって、その「気持ち」を撫でてあげたいくらいだ。

僕もそうだった。いつもそうだった。

常に、「いくつ？」と歳を訊かれ、「どうしたの、一人なの？」と問い詰められた。

でも、いつのまにか——そう、いつのまにかだ、僕は「問われる側」から「問いかける側」に移っているように思う。マリさんのクエスチョンは、マリさんが訊かなければ、僕か叔父さんが問いかけていたに違いない。

「コーヒーを」

少年はいつもそうしているというふうに、マリさんに注文をした。マリさんは、ほんの一瞬、苦笑したが、気を取りなおしたようにコーヒーをいれ始めた。

(なるほど)

僕は理解しつつあった。

これまで僕は問われる側にいたわけで、問われる側からしてみれば、年齢であるとか、僕の家族構成がどうなっているとか、そんなことは、僕がここでコーヒーを飲むことと何の関係もないじゃないか、と思っていた。

でも、いざ自分が問いかける側にまわってみると、この大人たちがたむろしているカフェと少年とがひとつの絵におさまらなかった。

少年だけが、この世界にフィットしていない。あきらかな違和感があった。ただ、その違和感は彼の年齢がもたらしているのではなく――、

「そうか、分かったぞ」

叔父さんが僕の考えを制するようにパチンと指を鳴らした。

「どこかで見たことがあるような気がしたんだ」

「え？」

僕は叔父さんのその言葉越しに、もういちど少年を観察してみた。たしかにそのとおり。どこだろう？　どこで見たのか。

「お前さん、コズモだな」

「え？」


「アブドラ・ハブドラ・サブドラサ」

叔父さんが呪文を繰り返すと、

「はい。ぼくの名前はコズモです」

少年はこちらを見て、至って素直にそう答えた。

「なるほど」

叔父さんは声をひそめ、僕の耳もとで、

「この男、もしかして自分が子供の頃に巻き戻されたことに気づいてないのかもしれん」

「巻き戻された？」

僕は思わず声が大きくなっていた。

「しっ」

叔父さんは唇の前に人差し指を立てる。

「ハルカとカナタの時計だよ。俺の見るところ、あの時計を彼女が巻き戻すと、この世の時間も巻き戻される」

そう。そのとおりだ。

いつもだったら、また、叔父さんがデタラメなことを云っている、とため息が出るところだったが、僕もココノツも同じように考えていた。

（びっくり）

ココノツの声が胸の奥に響く。

（だって、まさかと思うけど、オリオとジャン叔父さんは若返っていないのよね？）

急にそんなことを訊かれると自信がなくなってくる。

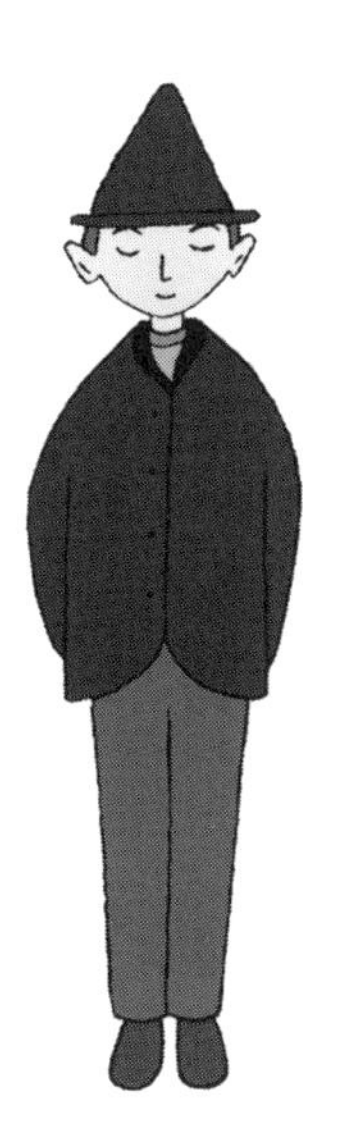

Kozmo

もし、叔父さんの云うとおり、コズモ自身は自分が子供へ「巻き戻された」ことに気づいていないのなら、僕や叔父さんだって、「いつのまにか」そんなことになっていないとも限らない。

ただ、僕たちがこの店に入ってきたとき、マリさんは僕に、
「坊や、いくつ？」
とは訊かなかった。

（もしかして）とココノツの声が低くなる。こういうときのココノツは、鋭くて、正しくて、場合によっては容赦がない。

（もしかして、あなたたちはベルダさんに守られているのかも）

（ベルダさんに？）

（オリオは、ベルダさんの魂があの大きな駅の構内で迷子になっているんじゃないかって、そう思ったみたいだけど、もしかすると、巻き戻されていく時間から、ベルダさんが引き戻してくれたのかも。オリオの気を引いて）

（僕の気を引いて？）

（そう。正しい時間の方にね。ベルダさんは——残念だけど——ハルカとカナタが、いくら時計を巻き戻しても、もう戻ってこない。わたし、いま少し分かっちゃった）

（少し分かった？　って何を？）

（死のことを。わたしがいちばん知りたくて、いちばん知りたくないこと。でも、いま少し分かった。死っていうのは、正しい時間の流れの象徴なんだって）

（それって——それって、いいことなのかな）

僕は子供のようにココノツに訊いていた。

（それとも、よくないこと？）

（いいとか、よくないとかじゃなくてね、どうしようもないことなんだと思う。みんな、前へ進んでいくってことよ）

「失敗したんだな」

不意に叔父さんの声が耳もとに戻ってきた。

「ハルカとカナタは、いたずらに時計を巻き戻して、『いつのまにか』に負けたんだ」

叔父さんはニヤついていた。

「俺の推理はこうだ。ハルカとカナタは『あの唄の歌詞を教えてくれ』とコズモに要求した。だけどコズモは、『分からない』とか『覚えてない』と答えたんだろう。それで、ハルカとカナタは、『じゃあ、時間を巻き戻して思い出させてあげましょう』と時計の針を巻き戻した。で、そのとき、つい手がすべって、余計に巻き戻してしまったんだ。それでコズモは子供に戻っちまった。あの唄を知る前の子供にね。皮肉なもんだよ。魔法使いが自らの魔法で落とし穴に落ちたってわけだ」

（もしかしたら、そうなのかも）

ココノツが同意している。

（でも、正しい時の流れは、もっと無慈悲だから）

そう云って沈黙した。

（どういうこと？）

（わたしが思うに、コズモは歌詞もメロディーも正しく記憶していないんだと思う。コズモが他の唄を歌い出したとき、叔父さんが嘆いていたでしょ？　こんなのデタラメだって。自分のことを棚に上げてね。たぶん、長くて複雑で簡単に覚えられない唄なのよ。だって、オリオだって、あの図書館でひととおり歌詞を聞かされたでしょう？　わたしも一緒に聞いてたけど、正直、意味が分からなくて、つい聞き流してしまった）

たしかにそうだ。僕は割に記憶力はいい方なのに、出だしのところしか覚えていない。

（だから、いずれにせよ、コズモに訊いたところで、正しい答えなのかどうかは分からないってこと）

そういえば、叔父さんもそう云っていた。いつもの直感で、

（ちくしょう）

と舌打ちしていた。

僕はなんだか悲しくなってきた。

言葉でこの悲しみを表そうとしてもうまくいかない。言葉が追いつかない。言葉が近づこうとすると、悲しみの方が首を振って逃げていく。

アブドラ・ハブドラ・サブドラサ。

きっと、呪文が意味を成さないのは、言葉で云い表せないものを、どうにかしたいからなんだろう。

云いようのない悲しさの真ん中に子供に戻ったコズモがいて、マリさんがいれたコーヒーを、カウンターにしがみつくようにして飲んでいた。

＊

「さぁ、早いところ、リリボイからずらかろう」

マリさんの店を出ると、叔父さんは足速になり、

「じゃないと、俺たちも子供に戻される」

早口になって、さらに足速になった。

「まぁしかし、それも悪くないかも知れんがな」

そう云って立ちどまり、せわしげに駅の中を行き交う人たちを見渡した。

「俺が思うに、コズモは子供に戻って、あの絵の中の海が見えるところで暮らすんだよ。おだやかにね。だからもし、またリリボイへ来ることがあったら、あのカフェへ行って、あの海の絵を確かめてみよう。もしかしたら、絵の中にコズモがいるかもしれん」

それは叔父さんのデタラメだったけれど、その情景が一枚の絵となって、僕の頭の中で息づいていた。

33……振り出しに戻って

雨が降っていた。

リリボイを離れる列車の窓から、雨に濡れる駅が視界の中で次第に小さくなっていく。

叔父さんは列車の売り子さんにコーヒーを注文し、「もうひとつ」と云って、僕の分も注文してくれた。

なんだか、コーヒーばかり飲んでいるような気がするけれど、おかげで、リリボイとコーヒーはしっかり結びついて記憶されるように思う。叔父さんがそうであったように、僕もまた、リリボイを思い出すたび、コーヒーを飲みたくなるかもしれない。

「お前の考えていることは分かってるぞ」

叔父さんは窓の外の雨を眺め、雨に向かって諭(さと)すように云った。

「これから、どこへ行くのか知りたいんだろう?」

もちろん、そのとおりだ。

「唄のことは振り出しに戻ったわけだが、お前の探してるインクと、俺が探してる唄はつながってるってことが分かった」

（そうね）

ココノツの声が胸の真ん中で響いた。

（これまでは、インクを探すのか、唄を探すのか、道はふたつだったけれど、叔父さんが云うように、進むべき道がひとつになったんじゃない？）

それはそうかもしれない。でも、そうなったらそうなったで、より慎重にその道を見つけ出さなければならない。せっかく進んで行ったのに、まったく見当違いだったということも充分あり得る。

というか、僕たちはいま、まさにそうした場面に追い込まれているのではないか。

「いずれにしてもだ」

叔父さんが鼻を鳴らした。

「とにかく、〈パンタライ〉に戻って、車をピックアップしよう。行き先は――」

叔父さんはもうひとつ鼻を鳴らした。

「行き先は――まぁ分からんけど、まずは川沿いに下って行けばいい。あのリチャードとかいう奴が云ってたろ？　ここでは川がすべてだって。何か困ったことがあったら、なんでも川が教えてくれるって」

そんなことは云ってなかったように思うけれど、そのセリフが叔父さんの直感というか、即興によって繰り出されているのだとしたら、どういうわけか、そちらの方が信じられるような気もする。

＊

パンタライ駅に帰り着き、駅に預けていた車に乗り込むと、

「ふうむ」

バックミラーを気にしながら、叔父さんがため息をついた。

「なんとなく、誰かにつけられてるような気がするんだが」

それもまた、叔父さんの直感だろうか。

「ハルカさんかもしれないね」

僕は車のうしろを見ようとしなかった。

僕にだって、叔父さんと同じ血が流れている。だから、叔父さんが云うように、僕もまた、なんとなく背後に視線や気配を感じていたのだ。

もし、その正体がハルカさんであるとしたら、それはもう仕方がないことだ。

どうして、そう感じるのか分からないけれど、同じインクを追いもとめているということが、敵対心ではなく、同志に近い思いをもたらしているのかもしれない。

「お前の考えてることは分かってるぞ」

車を走らせながら、叔父さんが鼻を鳴らした。

「お前の考えてることは、俺の考えてることでもあるからな」

叔父さんはそう思っているのかもしれないけれど、たいていの場合、僕と叔父さんの考えは、まるでかけ離れている。

ところが、

「俺はいま、大事なことを学んでいるんだ。つまり、どうして人は人と争うのかってことだ」

あれ？　もしかして——。

「いいか、オリオ。意外なことにだな、人と人は、考えや思いが違うから争うんじゃないんだよ。同じことを考えて、同じものを求めるから、争いになる。驚いたね。同じなんだよ。そっくり同じなんだ」

そう。そうだよ、叔父さん。僕もそう思う。

そして、僕も驚いている。

その発見にも驚いたけれど、叔父さんと僕が同じことを考えていたことに驚いた。さらに云うと、叔父さんの直感が本当に正しいかもしれないという事実にも驚いた。

「悲しいな」

叔父さんは、そのひとことをほとんど声にならない声でつぶやいた。

「同じものをもとめるから、競い合う。敵になる。だけど、同じものをもとめているんだから、そいつこそ、俺といちばん分かり合える奴かもしれないんだ」

もしかして、叔父さんの頭の中には、パティさんのあたらしいパートナーになったハリーさんの顔が浮かんでいるのかもしれない。

それっきり、叔父さんは口をとざしてしまった。

黙って車を走らせている。

「悲しいな」

とつぶやいたその声が、車の中に余韻となって漂っていた。

だから、しばらく走ったところで、川沿いの一角に姿を見せた観覧車を叔父さんは見過ごさなかった。

「おい、あそこは、もしかして遊園地じゃないか」

たぶん、そうだ。遠目には、観覧車しか確認できなかったけれど、近づくにつれ、アーチ型に飾られた「ドリームゲート」という看板が見えてくる。

ただ、シーズンオフなのだろうか、それとも時代おくれになってしまったのか、遊園地の中はにぎわっているような様子が一切なく、看板のネオン管も、ところどころ痙攣（けいれん）するように光が途切れていた。

「死にかかってるんだよ」

電球交換士のトビラさんが云っていた。

「わたしはもう終わりです、助けてください、ってね。そう云ってんだ。そこで俺の出番だよ。電球が素晴らしいのは、交換すれば生き返るってことだ。振り出しに戻るんだよ」

そうか。

振り出しに戻ることは、ちっとも悪いことではないのだ。

むしろ、いいことなんじゃないかと思う。

現に叔父さんは、その遊園地がかなりさびれているにもかかわらず、妙に生き生きとして、文句のひとつも云わなかった。

普通だったら、その遊園地に駐車場が用意されていなかったことに腹を立て、「ちくしょう。どんなボロ遊園地なんだ」と、まくし立てたに違いない。

でも、気味が悪いくらい穏やかで、入口に近い路肩(ろかた)に車をとめると、そうするのが当然というように、颯爽(さっそう)と車をおりた。死にかかったネオン管がパチパチと明滅するアーチをくぐり、もちろん、僕もそれに従う。

「ああ、何もかも昔のままだな」

叔父さんは空気の中に昔のあれやこれやが漂っていると云わんばかりに深呼吸をした。

「昔っていうのは、お前が一人ぼっちになったあのときのことだ」

急に話を僕に向けてきた。

「お前はあのとき、いつもうつむいてた。だから、俺はどうしたら、お前の目が輝くだろうかって考えた。それで、ちょうどここと同じような遊園地へ連れて行ったんだ。そのときとまったく同じ匂いがする」

僕は覚えていなかった。云われてみれば、そんなことがあったような気もするし、いま初めて聞いたようにも思う。

雨が上がった曇り空から少しずつ西陽が兆し、その光が観覧車を照らしていた。遠くから見たときは立派に見えたのに、どういうわけか、近づいて見上げるとそれほどでもない。

客は一人もなく、それでも観覧車は回っていた。

「いや、悲しくはないぞ」

叔父さんが首を振りながら云った。僕に向かってというより、自分に云い聞かせているみたいだ。

「そうか、分かったぞ。この、なつかしいような匂いは、フランクフルト・ソーセージを焼く匂いじゃないか」

叔父さんは犬のように鼻をひくつかせ、匂いの源流を遡（さかのぼ）るように探し歩くと、はたして、その先にソーセージを焼いている屋台があった。

＊

回転木馬にも、客は乗っていなかった。

それでも、木馬は回っている。

地球も――この世界も、きっとそうなんだろう。

世界が終わりを迎え、終わりかけたものを電球のように交換することもできず、ついにその光がすべて消えるときが来ても、この木馬のように世界は――地球は回りつづける。

大きなパラソルの下に、いかにも安っぽい丸テーブルが置かれていて、僕と叔父さんは西陽を浴びながら、フランクフルト・ソーセージを食べた。

叔父さんはケチャップとマスタードをたっぷりかけ、

「こんなにうまいものはないな」


世界のことなんて、どうでもいいとばかりに無邪気にかぶりついた。もしかすると、叔父さんはただ単にこれを食べたくて遊園地に立ち寄ったのかもしれない。

そう思ったら、ふいに記憶がよみがえってきた。そういえば、あのときも僕は同じことを考えていたように思う——。


「俺は高所恐怖症なので、観覧車には絶対乗りたくない」


叔父さんはそう云っていた。

そして、あのときもこうしてケチャップとマスタードをたっぷりかけたフランクフルト・ソーセージを食べただけだった。

人には覚えていることと覚えていないことがある。覚えていないというのは、忘れてしまったということだけれど、中には、自ら忘れようとして忘れたこともある。

忘れてしまったのだから、それが何であるかは思い出せないのだけれど——。

でも、いまならそれが何であったか思い出せるかもしれない、と目を閉じかけたとき、僕と叔父さんが同時に何かを感知し、一人の男のシルエットが、こちらへゆっくり歩いてくるのを目で追っていた。

誰だろう。

僕らを追ってきた「敵」なのか。

ハルカさん？

いや、そうではない。そうではないけれど、僕はその人を知っていた。見覚えがあった。その疲れた足どりと、くたびれたズボンや薄汚れた靴に見覚えがある。

「どうも」

僕らが気づいていることに向こうも気づいたのだろう。こちらへたどり着く前に、

「どうも、すみません」

そう云って、手を挙げた。

トカイ刑事だ。

「お伝えしたいことがありましてね」

そう云って、丸テーブルの空いた椅子に座ると、叔父さんは途端に不機嫌になった。

「どうして、俺たちがここにいると分かったんです？　まさか、俺たちをずっと尾行してたとか」

「なぜ、そう思うんでしょう？」

トカイ刑事は口の端だけが笑っていた。どう見ても、目は笑っていない。

「なにか、私に後をつけられるようなことでもしたんですか」

「いや――」

「お伝えしたいのは、あなたへではなく――オリオ君」

トカイ刑事は僕の方を横目で見ていた。

「君にです」

上着の内ポケットから皺だらけの報告書らしきものを取り出し、

「ミスター・ベルダの死因が判明したんです」

そう云って、くしゃみをひとつした。

34……ベルダ少年

「結論から申し上げますとね」

トカイ刑事はベルダさんの死亡診断書と思われるものを手にし、その細い目を最大限に開いてこちらを見ていた。

「事件性は認められませんでした。他殺や事故ではなく、推測どおり、病死であることが確定しました」

「ほう」

叔父さんは食べかけのフランクフルト・ソーセージを右手に持ったまま不審そうに眉をひそめた。

「じゃあ、どうして、いちいち刑事さんが、こんなところまで追いかけてくるんだろう」

「いえ、早くお伝えした方がよろしいんじゃないかと思いましてね」

Tokai

トカイ刑事は細い目に戻った。

「どうして?」

と叔父さんが食いさがる。

「どうしてって、その方が安心でしょう?」

トカイ刑事の目が、ふたたび見開かれた。

「いいですか? もし、他殺だったらですよ、あるいは、あなたたちの命だって狙われるかもしれんのです。刑事ってのは厄介な商売でしてね、ありとあらゆる嫌な予測を立てなきゃならんのですよ」

そうか。刑事さんにとって、推理というのは、「嫌な予測」と同じ意味なのか。

「なぜ、師匠であるベルダさんが亡くなった直後に、弟子であるオリオ君が旅に出たのか。しかも、いわくありげな――いえ、失礼、少々、風変わりな叔父さんと一緒にです。仮に、あなたたちに何の非もなかったとしてもです、いいですか? 一見、平坦な道に思えても、小石がタイヤをパンクさせることだってあるわけです。慎重にならなくてはなりません。人の命が関わっているのですから」

「なるほどな」

　叔父さんはフランクフルトにかじりついた。

「しかし、あれだよ、刑事さんは俺たちの身を案じてくれているのか、それとも、俺たちが何かしでかすんじゃないかと警戒しているのか——いまの話を聞いても、頭の悪い俺には、どっちなのかさっぱり分からん」

「いや、ですからね、どちらの可能性も予期しておかなきゃならんのです。ただ、私はいま、あなたたちを案じるでもなく、警戒するでもなく、あきらかになった事実をお伝えした方がいいだろうと判断して、ここにいるわけです」

「わざわざ、俺たちを尾行して？」

「尾行？」

「でなければ、どうして俺たちがこんなところにいるって分かったんだ？　俺だって、こんなところに寄り道するつもりはなかったんだけど——」

「失礼ながら、あなたの車のナンバーはダイナーでお会いしたときに控えさせていただきました。とはいえ、結構、大変だったんです。そのナンバーをパンタライ駅の駐車場に見つけ出すまでがね。尾行していた方が、よほど簡単だったでしょう。しかし、さすがに私もそこまで暇ではないのでね」

「なるほど」

叔父さんはフランクフルトを食べ尽くして頷いた。

「あの」と僕は気になったことを訊いてみた。「その、事実というのは、つまり、病名も分かったということですか」

「ええ、ええ」

トカイ刑事は大げさに頷き、

「遺伝的なものでした。心臓のトラブルなんですが、ベルダ氏の家系は、代々、同じ病気で命を落としているんです。特にベルダ氏の父上は若くして亡くなりましてね、母上もそのあとすぐにお亡くなりになりました。ご存知でしたか？」

「いえ」

初耳だった。なにしろ、ベルダさんは自分のことをほとんど話してくれなかったから。

「そうですか。やはり、ご存知なかったのですね」

トカイ刑事は皺が刻まれた手で自分の口のまわりを拭うような仕草をし、

「まぁ、そうだろうと思いましたので、これはやはり、お伝えした方がよかろうと思ったんです」

急に話し方が穏やかになったような気がした。

「刑事としてではなく、同じ街に暮らす一人の人間としてです。というのもですね、いくら、オリオ君が優秀な才智を持っていたとしてもです、あの博物館の重要な仕事に十歳という年齢で就職できたというのが、ちょっと引っかかったんです。しかし、今回の調査でよく分かりました。ベルダ氏の先代にあたる保管室長が〈回想録〉を残していましてね——ええ、私、そこまで調べてみたんです——そうしましたらね、その中に室長がベルダ氏を弟子として迎えたときのことが書いてありまして、なんと、まだ十歳だったそうです。はい、あなたと同じ十歳で、ベルダ氏は保管室の仕事に就いているんです。お分かりですか——」

「なるほどな」

叔父さんが僕よりも先に反応した。

「つまり、同じ境遇だったわけだ。ベルダ氏とオリオは」

「ええ。早くに両親を亡くしていて、その〈回想録〉の言葉を借りれば、『彼は』――『彼』というのはベルダ氏のことですけど――『彼は、自らの境遇を嘆き、世界を敵にまわしかねなかった。だから、世界がどれほど素晴らしい驚異に満ちているか、いますぐ彼に伝授する必要があったのだ』と」

そうだったのか、と胸の真ん中が熱くなってきた。熱いものが、じわじわと喉もとまでせり上がってくる。

「ですからね――」

トカイ刑事の話はつづいていた。

「ですから、もし、オリオ君が、ベルダ氏が亡くなったことで気落ちして、博物館から離れるようなことにでもなったら――」

「ああ、そうか」

叔父さんが、すかさず口を挟んだ。

「刑事さんは、オリオが逃げ出したと思っているんだな。いや、待てよ。それともまさか、

Belda

オリオが次の室長の座を狙って、ベルダ氏の命を奪ったとでも思っていたのか」

「まさか」

トカイ刑事の目が最大限を超える大きさに開かれていた。

「私はただ心配しているんです。このように受け継がれてきたものがあると知ったら、ぜひ末永くつづいてほしいと思ったまでです」

「よく分かりました」

僕は自分の口が勝手に動いたことに自分で驚いた。

それは、頭で考えた言葉ではなく、喉もとまでせり上がってきたものが、言葉として発音されたものに違いない。

とはいえ、トカイ刑事の言葉が、同じように胸の真ん中から出てきたものであるかどうかは分からなかった。そうであると信じたかったが——。

突然、ガタン、と音がした。

僕も叔父さんもトカイ刑事も音がした方に目を奪われる。

不意に、遊園地の観覧車が回り始めた。

それまでは止まっていたのだ。てっきり、客がいなかったので停止しているのだろうと思っていたが、どういうわけか、突然、動き出し、古びたスピーカーからにぎやかな音楽も流れ出した。

どうやら、お客さんがいなくても、時間が来ると回り始めるらしい。

*

(ねぇ)

ココノツの声が聞こえてきた。

(オリオはまた、わたしのことを忘れてたでしょ)

ああ、申し訳ない――。

忘れてしまったわけではないけれど、目の前で起きていることにとらわれてしまうと、なかなか、遠くにいる人へ気持ちが及ばなくなる。

決して、忘れてしまったわけではないのに。

（そう？　そうならいいんだけど）

ココノツの声はどこかさみしげだった。

（さっきのベルダさんの話なんだけどね）

そうか――とようやく気持ちが遠くへ及びつつあった。

そういえば、ココノツもまた、僕やベルダさんと同じような境遇だった。

（そうなの。だからね、トカイ刑事の云うとおり、ベルダさんの思いをしっかり受けとめなきゃって思う。いまはもう亡くなってしまった人たちの思いをね）

それは僕も同感だった。同感だけれど、この先一体、どうすればいいのだろう。

僕は博物館から逃げ出すつもりなんて、もちろんない。どちらかと云うと、いますぐにでも博物館に戻って、仕事をつづけたいくらいだ。ただ、ベルダさんが大切にしていたあのインクが、もう本当に手に入らなくなってしまったのだとしたら、さっさと頭を切り替えて、それに代わるものを探し出さなくてはならない。

叔父さんが云っていた。

「あきらめが肝心だ」と。

（でもね、オリオ、叔父さんはこうも云ってたでしょ。「子供の尻尾を忘れるな」って）

それって、どういう意味なんだろう。

いま起きていることと照らし合わせるなら、僕はこの先、どこへ向かえばいいのか。

（あのね）

ココノツの声が少しずつ輪郭を帯びてくるようだった。

（じつを云うと、あなたたちが遊園地に寄り道をしてるあいだに、わたし、とあるところへ行ってきたんだけど）

行ってきた？

（どこだと思う？）

とあるところ――って、そんなヒントじゃ、まったく分からないんだけど。

（そんなに遠いところじゃないの。急行列車に乗ったから、思ってたより近く感じたし）

さて、どこだろう。

（ブリホーデンの図書館よ。あの図書館の街。どんなところなんだろうってすごく気になってたの）

ちょっと待って。

もしかして、ココノツは僕たちが見せてもらった、あのウルフさんの直筆原稿を閲覧しようとしてる?

(しようとしているんじゃなくて、もう閲覧したの)

え? ということは、ミランダさんに――。

(もちろん、ミランダさんにお会いして、お話を聞きました。こちらは想像どおりの――なんて言ったらいいのかな――素晴らしく奇抜な人で、やっぱり伯母さんによく似てた。だから、すごく親近感を持って、ミランダさんもそう感じてくれたみたい)

思ってもみなかった。

やはり僕は、「遠く」への思いが足りていない。足りていないばかりか、頭の中には、ミランダさんに念を押された言葉ばかりが渦巻いていた。


「もう、これっきりだ」

「お前たちに話すのは、これでおしまいだ」

「次に会うときは」

「この唄の旋律を見つけ出してきたときだ」


そう云っていた。

だから、とにかく唄を見つけ出すまでは、二度と図書館に近づけないと思っていたのだ。

というか、それはたぶん間違っていない。

でも、ココノツがいることを忘れていた。ココノツなら——正確に云うと、ココノツの魂ではなく実体の方であれば、図書館を訪れるのは初めてだし、もちろん、ミランダさんはココノツのことを何も知らない。

(そうなのよ。わたしもそれに気づいて、「なぁんだ」って思ったの。わたしが行けばいいんじゃないって。わたしが図書館に行って、もういちど、二十一番までつづくあの歌詞を教えてもらえばいいんだって)

本当にそうだ。

あのとき、正直に云うと、あまりに長くて、僕はあの歌詞をろくに聞いていなかった。

でも、おそらく、あの歌詞の中に、インクをめぐるさまざまな秘密が隠されているんじゃないだろうか。

（そう）

ココノツが声をひそめるように云った。

（そのとおりよ）

35……………ココノツの冒険

（どうして、オリオがあの唄の歌詞を覚えられなかったのか判明したの）

ココノツの声はいつもより少し上ずっているようだった。

（ミランダさんに閲覧の許可をもらって確認してみたんだけど、はっきりと意味が分かるのは歌詞の一番だけで、そのあとの二番から二十一番までは、言葉としては何を云ってるのか分かるんだけど、それが何を意味しているのかとなると、まるで分からないの）

どういうことだろう？

（どうもこうもないの。ようするに、デタラメってこと。だから、歌詞が四番あたりまで来ると、あんまり意味が分からないから、退屈になって、理解しようという気が萎えてくる。だからなのよ、あのとき、オリオもジャン叔父さんも——それに、わたしもね、歌詞をほとんど覚えられなかった。そういうことだったの）

となると、歌詞に秘密が隠されているかどうかも分からないということ？

（そうね。それはそうなんだけど、もしかすると、一見、意味の分からない言葉のつらなりであったとしても、暗号のように解読したら、分かるかもしれないでしょう？　そんな気がしたの。解明できないかもしれないけど、なにかしら、この意味の分からない歌詞の中に秘密が隠されているんじゃないかって。それだけは確かなんじゃないかなって。これは、わたしの直観よ。だからわたし、最初から最後まで、全部写しとってきたの）

（写しとったって――書き写したってこと？）

（そう）

（そんな時間が許されたんだ？）

（許されるわけないでしょ。知ってると思うけど、ミランダさんはとても厳しい人だし、厳しいだけじゃなくて、大きな大きな犬を従えていて）

（犬？　犬なんていたっけ？）

（シェルターから引きとってきたばかりだって云ってた。雑種だけど、すごくいい犬で、ミランダさんはとても愛おしそうにしてた。ときどき、わたしのことなんかそっちのけに

なって、犬と親密に話し合ってるの）

想像できなかった。

（だからね、厳しいだけじゃなくて、ほとんど構ってくれないのよ。でも、おかげで、わたしも時間をごまかすことができた。ミランダさんが犬に夢中になっているのを見計らって、急いで書き写したの。もちろん、きれいに書くことはできなかったけど、ものすごく早く書けるペンも持っていったから、なんとかなった）

（そんなペンがあるんだ？）

（あなた、わたしが文房具屋の姪っ子だってことを忘れてるでしょ？　この世には、オリオが知らないような、ものすごい文房具が山ほどあるんだから）

ココノツはきわめて短時間のうちに、あの唄の——意味の分からない歌詞をすべて書き写し、それを清書するべく書き起こしているところだという。

（書き起こしが終わったら、わたしが、全部読み上げてあげるから、少し待っていてくれる？）

（もちろん、いいけど——本当に意味が分からないんだ？）

(そうなの。詩っていうのはそういうものだって、誰かにそう云われたらそれまでだけど、少なくとも、わたしには何を云わんとしているのか理解できなかった――けど)

そこで、急に声が小さくなった。

(できなかったけど――)

ココノツは言葉を切り、少し間を置いてから、

(どういうわけか、泣けてくるの)

胸の奥から引きずり出してきたかのようにそう云った。

僕にはそう聞こえた。

(泣けてくるの)

涙声でそう云ったのだ。

もっとも、僕はまだココノツが泣いているのを見たことも聞いたこともない。だから当然だけど、彼女の涙声がどんなものであるかも、もちろん知らない。

でも、そう聞こえた。

(ときどき、そういうことってない？　わたしは子供の頃から、ときどきあるの。音楽を

聴いたときや、古い写真なんかを見ていたりするとね、急に訳も分からず涙があふれ出してくる。あれと同じ。ひさしぶりに、その感覚がやってきた。訳も分からずね。そこに書かれている言葉の並びを追っているだけで――正確に云うと、その言葉の並びを唱えているだけで、涙がこぼれ出てきた）

ということは、意味は分からないとしても、何かしら、悲しそうなことが書いてあるんだろうか。

（そうじゃないの。よく分からないけど、たぶんそうじゃないと思う。ひとつだけ云うと、読むだけじゃなくて、書き写しながら声に出して読み上げたせいじゃないかなって思う。もちろん、ミランダさんに気づかれないよう、ほとんど声にならない声でつぶやいただけなんだけど、それでも、自分の声が自分の体に響くでしょう？　その自分の声の響きがね、そのまま心の真ん中にあるものに触れて、それで泣きたくなったんだと思う）

そんなことがあるだろうか――と最初はそう思ったが、たしかに自分にも――子供の頃だ――そんなことがあったような気がしてきた。はっきり覚えてはいないけれど、意味もなく涙が出てくることが何度かあったように思う。

たぶん、自分の中には、どうしようもなく悲しいものが、石のかたまりのように眠っていて──、

(それがときどき、何かに呼び覚まされて、悲しさを発散させるんじゃないかな)

(そうかもね)

ココノツは静かに云った。

(きっと、そうよ。わたしも同じ。わたしも考えたことある。おそらく──おそらくだけどね、とてつもなく大きな悲しみに見舞われてしまって、すごく悲しいから、早くその悲しさを忘れてしまいたいって思うんだけど、その悲しさの真ん中にあるもの──わたしの場合、真ん中にいる「人」かな？　はっきり云っちゃえば、父と母なんだけど、二人のことを忘れたくないっていう思いが、悲しさと一緒にある。だから、その大きな悲しさを忘れられなくて──)

(悲しさのかたまりになる)

(そう。だから、そのかたまりは、わたしにもオリオにもあって、何かちょっとしたきっかけであふれ出してくるの)

Kokonotsu

そうか、あふれ出してくるのか。

（どうして、あの意味の分からない歌詞を読んでいるときに、あふれ出してきたのか、わたしには分からないけど、いまもね、文字を書き起こしながら、意味は分からないのに、やっぱり泣けてくるの）

（ねぇ、ココノツ）

僕は彼女と同じように静かな声になった。

（もし、僕のためにその歌詞を書き起こしているなら、もういいんだ。どうか、泣かないでほしい）

（大丈夫。わたし、悲しさのかたまりとは長いつきあいだし、なんにしても、泣いてばかりではいられないでしょう？）

たしかに、それはそうだ。

（だって、わたし、あのミランダさんの図書館から〈オスカー商會〉まで急いで帰ってきたのよ？　早くオリオに伝えたかったから。でも、どうしても涙があふれてきちゃうし、泣きながら電車に乗っていたら、誰かやさしい人が、心配して頭を撫でてくれたりするで

しょう？　そういうの、もっと辛くなってくるから、泣いてはいられないの）

それで？　それでどうしたんだろう？

（分かってるの、わたし。どうしたら涙をとめられるか）

（本当に？　自分でとめることができる？）

（そうよ）

（涙を拭くとか、そういうことじゃなく？）

（そういうことじゃなくてね――呪文を唱えるの）

（呪文？　呪文って、叔父さんがよく口ずさんでる、あの「アブドラ・ハブドラ・サブドラサ」みたいなやつ？）

（そうよ。あれと同じで意味はないの。それで分かったんだけど、もしかすると、呪文って意味がない方がいいのよ）

（やっぱり、そうなんだ）

（だって、意味の分からないものを封じ込めたり解放したりするために発明されたのが呪文なんじゃない？　意味が分かっていれば対処のしようがあるけれど、意味の分からない

ものには、意味の分からないもので対処するしかないのよ）

なるほど——。

（というか、わたし、そこで気づいたの。もしかして、この意味の分からない長い長い歌詞は、呪文なのかもしれないって。何をどうするための呪文なのかは分からないけど）

（待って。ということは、その長い長い呪文が、悲しさのかたまりに影響を与えるってこと？）

（そこは、すぐには答えられない。人それぞれだと思うし。たまたま、わたしの場合はそうだったんじゃないかな。悲しさのかたまりって、さっき、オリオも云ってたけど、体の中のどこかに石のようなかたまりになってあるんだと思う）

（行き場を失って——）

（そう。吐き出したいけど吐き出したくなくて、どうしていいか分からなくなって、石のようになってる。きっとそう。でもね、この長い長い唄は、それを呪文のように唱えると、悲しさのかたまりをね——その石のようなものを、水にしてしまうんだと思う。分かる？水っていうのは、涙のことよ）

そうか。そういえば、あの歌詞の、一応なんとなく意味が分かる最初のところに「石」が出てきた。

青い石だ。

（あのね、オリオ）

ココノツの声が、静かな声から、ほとんど囁き（ささやき）のようなものになっていた。

（わたしたちの中にある、この悲しさのかたまりって、もしもね――もしもよ――もし、体の中のどこかから取り出すことができたら――取り出して、手のひらの上に乗せることができたとしたらね――それって、まさに青い石じゃないかと思うの。一度も見たことはないけれど、誰かに、「それってどんな色？」って訊かれたら、わたしはすぐに「青い」って答える。そうじゃない？　オリオはどう？）

オリオはどう？　とココノツがそう云ったとき、突然、扉が開かれたように見えなかったものが見えてきた。

もしかして、いちばん大切なことが――。

どうして、僕がベルダさんという人に魅（ひ）かれたのか。

いや、正しく云えば、ベルダさんが手にしていたインクの壜(びん)や、そのインクで書かれた文字に、なぜ、あれほど云いようのない思いを抱いたのか。

その答えは、それが青かったからだ。

それも、この世でいちばん深い海の底の青色——あのとき、そんなイメージを描いた。

それはつまり、美しく尊いものだけれど、自分の手の届かない深い深いところにあるということだ。

その深いところに眠っていた「青」が、手の届かないところから取り出され、手のひらの上に乗せることができるインク壜の中におさまっていた。

そして、それは深い海の底から引き上げてきたのではなく、僕の中の深い深いところから取り出された、悲しさのかたまりの「青」だった。

そのときは、それこそ言葉にならなかったけれど、ココノツの話を聞いて言葉にしてみれば、いまは、はっきりそう云いなおすことができる。

(だから、特別な色なのよ。〈六番目のブルー〉は)

ココノツの云うとおりだ。

オセロ・ゲームの盤上に黒い石ばかりが並んでいたのに、たったひとつの白い石が置かれたことで、すべてが裏返っていくのを見たような心地だった。

そうなってみれば、ベルダさんが、あのブルーにこだわった理由も言葉を超えて伝わってくる。

それだけじゃない。

サルのダイナーの先代にして作家だった、いまは亡きウルフさんの言葉が思い出される。

「私は物語の始まりだけを書く。ほんの数行だけね。あとはインクにまかせる」

「ようするに私が書いているのではない。インクが書いているのだ」

そう言っていた。それはつまり、〈六番目のブルー〉の中に秘められた何かが、ウルフさんの「悲しさのかたまり」と共鳴して、物語をつむぎ出していったということだ。

36……………観覧車

ココノツと会話を交わすうち、彼女の声に集中したくて、パラソルの下の丸テーブルから離れた。そのとき、

「おい、どこへ行くんだ」

叔父さんの声を背中で聞いたが、そもそも、叔父さんはトカイ刑事と話し込んでいて、そのせいで、ココノツの声が聞きとりにくかった。

「遠くへ行くんじゃないぞ」

そう云われたけれど、急ぎ足で叔父さんの声から離れ、回転木馬の脇を通って、ビックリ・ハウスや蠟人形館が並んでいるところへ出た。

そのあたりまで来ると、どういうわけか、叔父さんの声だけではなく、ココノツの声まで次第に聞こえなくなり、僕はただ黙って、深い悲しみのかたまりについて考えながら、

デタラメに歩いていた。

どこを目指すでもなく、右も左も分からないまま、このさびれた客のいない遊園地で迷子になってしまいそうだった。

というか、あきらかに迷子になっていたのだ。自分がどちらから歩いてきたのか、どちらへ行けば元いたところへ戻れるのか、見当もつかない。周囲の様子からして、同じところを何度も巡っているかのようで、歩いても歩いても景色が変わらない。

だから、どのくらい歩いて、どのくらいの時が経ったのか分からず、なにげなく腕時計を見たら——針がとまっている。

そういえば、ゼンマイを巻くのを忘れていた。

いや、そうじゃない。もう一度よく見ると、さっきまで文字盤の上で回っていた三本の針がひとつも見当たらなかった。そのかわりに、文字盤を覆うガラスの風防に、なにやらゆっくりと回るものが映り込んでいる。

観覧車だ。観覧車が回っている。

視線を上げると、さて、いつからだろう、僕は観覧車の下に立っていて、曇りがちの空を背景に、それがゆっくり回っているのをしばらく見上げていた。

「もし」と、どこからか声が聞こえる。「もし、そこの君――」

「はい」と僕は声がする方に応えた。

「よかったら、乗って行きませんか」

おかしな服を着た男が手招きしていた。

「おかしな」というのは形や色のことではない。ごく普通のスーツなのだけれど、前面に大きな時計の文字盤が織り込まれていて、しかも、その時計は男のスーツから離れて浮遊し、男が時計を操っているようにも見えるし、時計が男を操っているようにも見える。

その時計スーツの男が、

「今日はお客さんがいないので、特別にただで乗れますよ」

どこかで聞いたことのあるような声だった。普通だったら、そんな得体の知れない人の誘いに乗ったりはしない。でも、ちょうどそのときココノツの声が戻ってきて、

（お待たせ）

と胸の奥に響いたのだ。

（歌詞の書き起こしが終わったわ。だから、いい？　これから書き起こしたものを読み上げるから、オリオはそれを何かに書きとってくれない？）

（ああ――もちろん）

僕はそう答えながら、時計スーツの男がこちらを窺（うかが）っているのを確認し、どうしたものかと迷ったけれど、よく考えてみると、ココノツの読み上げを書きとめるのに、観覧車のゴンドラの中はちょうどいい。人目を気にしなくて済むし、ココノツの声もしっかり聞こえるはずだ。それで、

「お願いします」

と時計スーツの男に会釈すると、

（あ、オリ――観――覧車――乗る――の？）

急にココノツの声が途切れ出した。どうしたんだろう、と訝（いぶか）しむ間もなく、時計スーツの男が観覧車を停めて、

「さぁ、どうぞ」

目の前のゴンドラの扉を開けた。

「どうぞ、お乗りください」

丁重な物云いにうながされ、つい無防備に「はい」と乗り込んでしまったが、ガタンと勢いよく扉が閉められると、まるで真空状態にでもなったかのようにゴンドラの中が静まり返った。途端に、

（しまった、閉じ込められた）

と不安になる。

「すみません、やっぱり降ります」

と声をあげてみたが、男はスーツから離脱した「時計」の針を回すことに夢中で、その回し具合によって、観覧車がガタリ、ゴトンと重々しい音をたてながら、ゆっくり動き出した。

「いってらっしゃいませ」

ゴンドラの窓ガラスごしに男の声がかすかに聞こえる。男の表情はいかにも整っていて、僕の不安をかきたてる得体の知れない何かとまるで見合わない。

とはいえ、とても遊園地の観覧車係には見えず、じゃあ、あの男は何者なんだろう、と

考えても答えは出ない。

ゴンドラがゆっくり空に向かって上昇していく。

僕は観覧車に乗ったことがなかった。

子供のとき——たぶん、叔父さんに連れられて遊園地に行ったときだ——叔父さんが極度の高所恐怖症かつスピード恐怖症なので、遊園地のあらかたの乗り物を楽しむことができなかった。

もっとも、僕はそのとき両親を失ったばかりで、まさに深い悲しみのかたまりを抱えていたのだから、仮に観覧車に乗ったとしても、なにひとつ楽しむことなどできなかっただろう。というか、いまもまた事情は同じで、いまは悲しみがどうのこうのより、奇妙な状況に巻き込まれつつある自分の先行きが不安でならなかった。

もちろん、観覧車を楽しむ余裕なんて微塵(みじん)もない。

たしかに窓の向こうの景色はパノラマになってひろがり、これまで僕と叔父さんが脈絡のない旅をつづけてきた街と森と川と道と駅が見渡され、こういうのをきっと、壮観と云うのだろう。

でも、僕はひとりだった。

叔父さんがいなかった。ココノツの声も聞こえない。もちろん、ベルダさんだってもういない。空の上にただひとりきりで、それでも世界は回っている。

いや、実際に回っているのは観覧車なのだけれど――。

（ねぇ、ココノツ）と声をかけてみる。

やはり応答がない。

風が吹いてきたのか、観覧車が大きく揺れる。

それで気づいたのだ。この観覧車は、ただ回っているだけではない。空へのぼっていくようにゆっくり回っていたかと思うと、急にそれまでとは逆の方向に回り出している。

「さかさまに回ってる！」

僕がそう叫ぶと、ゴンドラの中にこだました自分の声もむなしく、急に正しい方向へ回り始めた。

（そうか）

あの時計スーツの男が、スーツから漂い出た時計の針を操っていた。おそらくあの男は、針を時の流れに従って回したり、この世界に抗うかのように逆さまの方向に回したりしているのだ。そして、そのデタラメな操作によって観覧車が――あるいは時間そのものが――先へ進んだり、前へ戻ったりを繰り返している。

つまり、「いま、このとき」がなくなっていく。

（そう――いう――ことだと――思うわ）

途切れ途切れにココノツの声が聞こえた。

きっと、そのわずかに同期した瞬間だけが「いまこのとき」で、僕にとってココノツは「いまこのとき」なのだ。「いま」を共有しているから、どんなに遠く離れていても――仮にそれぞれが違う時刻を示す腕時計をしていても――このたった「いま」を通して、ゆるぎない時間を共有できる。

その、ゆるぎないものが乱れていた。乱されている。

不意に、窓の向こうの遥か彼方に水平線のようなものが見えた。

僕はその光景に吸い寄せられる。

地球は丸い。それはよく分かっている。モーテルの前のヘレンさんの店でコーヒーを飲んだとき、カウンターのはしに古びた地球儀が置いてあった。

あんなふうに地球は丸いのだ。

でも、遥か彼方に見える水平線や地平線は、こんなにもまっすぐで、どこにも丸みや歪みが見られない。そして、あの水平線の向こうに、ヘレンさんが云っていたとおり、まだ見たことのない世界があるのだ。

もし、地球をひとつの観覧車に喩えるとしたら——たとえば、ココノツが水平線の向こうの見えないところにいて、僕らが昼と夜の別の時刻にいるのだとしたら、どちらかは少しだけ未来にいて、どちらかは少しだけ過去にいることになる。

だから、世界は回りつづけるのだ。回ることで、過去は未来に追いつき、未来はまた過去に戻って、あたらしい未来を目指しつづける。

まるで、あの水平線の向こうに未来が見えるかのようで、僕はその真っ白な輝きが、あまりにまぶしくて目を閉じた。

いや、目を閉じたのだけれど、視界は真っ暗になるのではなく、白いまぶしさの中に体ごと取り込まれていた——。

僕はココノツと二人で街の歩道を歩いている。それは水平線の向こうの知らない世界ではなく、僕らが暮らしているあの街だ。

空は曇っていない。空はすっきりと晴れていて、僕は自分の右手が何かを握りしめ、その握りしめたものの先に一匹の犬が繋がれているのに気づく。とても小さな犬だ。見たことのない犬で、どうして知らない犬を連れているのだろうと首をひねると、

「ミランダさんの犬よ」

ココノツが楽しそうに云った。

「ミランダさんの犬？」

「そう」

「どうして僕がミランダさんの犬を連れているんだろう。それに、たしかミランダさんの犬は、すごく大きな犬だって云ってなかった？」

すると、その疑問をかき消すかのように、その小さな犬が、突然、吠え始めた。

誰かに向かって、誰かを威嚇するように吠えている。

もし、犬が吠えなかったら、僕は何も気づかないまま通り過ぎていたかもしれない。でも、その犬が吠えているその向こうに、首から時計をぶらさげたハルカさんが立っていた。

「また会えたわね」

「どうして、ここに――」

僕の問いに答えようとして、ハルカさんは首からさげた時計の文字盤を眺め、かすかに微笑んだかと思うと、その微笑から波紋がひろがってゆくように目鼻や髪や顔の輪郭といったものが早回しのフィルムみたいにうつり変わっていった。

「本当ですね。どうしてここにいるんでしょうか」

そう答えたのは、ハルカさんではなく時計スーツの男で、

「そういうことだったのね」

ココノツが飲みかけたコーヒーをカウンターの上に戻し、手にしていたボールペンで手もとにひろげたクロスワードパズルに文字を書き込んでいた。

どういうことだろう。

いまのいままで、僕とココノツは小さな犬を連れて街を歩いていたのに、いつのまにか、

マリオの店と思われるところでコーヒーを飲んでいる。

「ようやく解けたのかい？」

　マリオがココノツに声をかけると、

「そうなの。この最後のひとつ、タテの答えが『ハルカ』であることは分かっていたんだけど、『カ』で始まる三文字が分からなくて——でも、分かった。答えは『カナタ』よ」

「カナタ？」

「ハルカさんが云ってたでしょ。自分はカナタでもあるんだって。そのカナタさんが、〈五番目のブルー〉をつくり出したって。たしか博士がそう云ってたし、ときどき、ハルカさんの中からカナタさんが顔を出して、声色だけ男の人になってた」

「そうか」

　ココノツの話を聞いて僕の中のクロスワードパズルも解けたような気がする。

　あの時計スーツの男が僕に声をかけてきたとき、どこかで聞いたことのある声だな、と思ったが、いまそれが分かった。あれはそう——ココノツの云うとおり、ハルカさんの中にいるカナタさんの声だった。

37……黄昏の林檎売り

「オリオ！」

ジャン叔父さんの声が、いきなりすぐそばで聞こえた。

それは聞き慣れたいつもどおりの叔父さんの声だったけれど、深い海に沈んでしまった僕を、その意外に頑丈な腕一本で引っぱり上げてくれたような感覚があった。

「叔父さんの腕って、意外に強いんだね」

「何を云ってるんだ――」

その声はあきらかに尖っているのに、どことなく丸みを帯びているようにも思えた。それは声が狭い空間に閉じ込められていたからで、僕は観覧車のゴンドラのシートに体を預け、叔父さんはゴンドラに片足だけ乗りかけて、僕の肩に手を置いていた。

「夢でも見ていたのか」

どうやら僕が乗っているゴンドラは地上に戻っていて、たしかに夢でも見ていたのか、ひとつながりのずいぶん長い眠りから覚めたかのようだった。

もし、本当にそうなら、その夢を僕にもたらしたのは、あの時計スーツの男――カナタさんに違いない。

「カナタさんはどこ？」

首をのばしてその姿を探すと、

「カナタ？　いや、名前は分からんけど」

叔父さんが首を振った。

「俺がここへ来たとき、スーツ姿の男が、さっと身をひるがえして立ち去った。妙に慌てふためいてね。ほら、スーツのポケットから林檎をひとつ落としていきやがった」

叔父さんが、つやつやとした真っ赤な林檎を手のひらにのせて、こちらへ差し出した。

いい香りがする。夢ではない本物の林檎だ。

（ねぇ、オリオ、大丈夫なの？）

ココノツの声が林檎の甘い香りに重なって胸に響いた。

（大丈夫だけど、夢を見ていたみたいなんだ）

（じゃあ、せっかく、わたしが歌詞を読み上げたのに、全然、聞いていなかったってこと？）

（ああ――）

急に身も心も現実へ引き戻された。

（そういえば、そうだった）

（でもね、オリオ、いまは歌詞よりも、なんとなく、その林檎が気になるんだけど）

ココノツの声が低くなった。

（ミランダさんが云ってたのよ。林檎が大きな意味を持っているんじゃないかって）

（林檎が？）

（生前、ウルフさんがそう云ってたって。どこまでも終わらない長い長い小説を書きながらね、モチーフになったあの二十一番までつづく歌詞を読んでは、「歌詞の中に出てくる林檎が気になる」って）

（林檎が出てくるんだっけ？）

なんとか記憶を呼び戻そうとしてみるも、やはり、歌詞の内容は、まるで思い出せない。

（そうなの。ほんの一節だけなんだけどね——そこだけ、いま読み上げてみるから、よく聞いて）

ココノツは咳払いをし、声のトーンを変えて、ゆっくり読み上げた。

いいかい、みんな。

本当の深い青を知りたいのなら、

そのかたわらに、

本当の真っ赤な林檎を並べてみることだ。

（ね？　林檎が出てくるでしょう？　でね、これは十一番目のブロックに出てくる一節だから、全体の真ん中あたりになるわけ。云ってみれば、唄の中心にあるというふうにも考えられるの）

なるほど——。

（それに、ミランダさんはこうも云ってた。「私がどうして頭の上に林檎をのせているか分かるかい？」って）

（どうしてなの？）

（その答えは教えてくれないの。わたしが、あの歌詞に興味を持っているのを面白がって、急に、そんな謎かけのようなことを云ったのよ）

（どういう意味なんだろう）

（たぶん、ミランダさんにもよく分かってないんじゃないかな。というか、あのひとは――ほら、ミランダさんによく似た女のひとが描かれた絵があったでしょう？「聖女ミランダ」の肖像。きっと、ミランダさんって、あの聖女の魂を携えているのよ。だから、ときどきおかしなことを云うの。ミランダさんじゃなく、絵の中の聖女がね。ミランダさんの口を借りて、聖女の魂がこちらに話しかけてくる。だから、ミランダさんは自分の云っていることが、ところどころ、分かっていないんだと思う）

たしかに、どうして頭の上に林檎をのせているのか謎だった。

「この中に、いまも兄さんはいます」

そう云っていたけれど、どうしてそんなことを云ったのかと考えてみると、ミランダさん自身が、「聖女ミランダ」の魂を内包しているからだと納得がいく。

僕は叔父さんから林檎を受け取り、

「これからどうするの？」

と訊いてみた。

「さぁな――」

叔父さんは空を流れていく雲を観覧車越しに仰ぎ見ていた。

「まぁ、いよいよ、エクストラへ行くことになるんじゃないか？　他に行くべきところもないわけだし、一応、俺も約束していた仕事があるからね」

そう云って、叔父さんは、いまいましそうに顔をしかめた。たぶん、「約束していた仕事」は、パティさんとのコンビが解消されたことで、すべてキャンセルになってしまったのだろう。でも、叔父さんは、その事実を受け入れられないのだ。

「そうだね」

僕は同意し、手にした林檎を右から左から眺めた。

本当の深い青を知りたいのなら、
そのかたわらに、
本当の真っ赤な林檎を並べてみることだ。

ココノツが読み上げた歌詞をつぶやいてみると、手の中の林檎がほんのりと淡い光を帯びたように見えた。

*

遊園地を出て車に乗り込み、

「さぁ、出発だ」

と意気込む叔父さんの声を聞きながら、僕は少しばかり気弱になっていた。

いまさら、エクストラへ向かうことに、どんな意味があるんだろう。その町に、〈六番目のブルー〉をつくるところがあったのは事実だけど、それはあくまでも、かつてそこに、「あった」と過去形になる。残念ながら、いまはもうないのだ。

ただ、ひとつだけ望みがあるとすれば、たとえ、インクをつくっていた会社や工場といったものが過去形になってしまっても、そこで働いていた人――インクをつくっていた人は健在かもしれない。いや、健在であると僕は信じている。その人に会うことができれば、インクについて、なんらかのヒントが得られるかもしれない。

それだけじゃない。その人は、なにしろ、あのインクをつくっていたのだから、もしかすると、ミランダさんからの宿題である、あの唄について何か知っているかもしれない。知っているどころか、二十一番までつづく、あの長い唄を歌ってみせるかもしれない。もし、どうしても、〈六番目のブルー〉を手に入れることが出来ないなら、代わりに、あの唄を聴くだけでもいい。とにかく、ここまで旅をつづけてきたのだから、何の収穫もなしに手ぶらで帰るわけにはいかない。

僕は自分の希望がしぼんだりふくらんだりしているのを自覚していた。

でも、大事なのは、それを決して捨ててしまわないことだ。

どんなに、しぼんだり、しおれたりしても、それは僕に含まれている僕の希望であり、そうして希望をひとつポケットにしまっておけば、何かのきっかけで、急速にふくらんで、前へ進む勇気を与えてくれるかもしれない。

車の窓の向こうに過ぎていく景色を見据え、なけなしの希望を確かめるように上着のポケットの中を指先で探った。

すると、そこにさっきの林檎があり、いきなり指先に冷たく触れて、体中に電流が走り抜けたような感覚に襲われた。指先から香りも伝わってくる。

「おかしいな」

不意に叔父さんの声が車内に響いた。

「道を間違えたらしい」

指先の冷たさと呼応するように、叔父さんの声もどことなく冷たくて心細かった。

叔父さんは車を停め、窓の外を確認するなり、「ん?」と前方に目を凝らしている。

「誰かいるぞ。ちょうどいい。道を訊いてみよう」

エンジンを切った途端、静寂に包まれた。入れかわりに、(あっ)とココノツの声が胸の真ん中に立ち上がる。

（ごめん、わたし、ちょっと疲れたのかしら、寝ちゃってた）

（うん）と僕は短く答える。

（いま、どこにいるの？　エクストラへ向かっているところだっけ？）

（そうなんだけど、叔父さんが道に迷ってしまって――）

（そうなんだ）

（ここは――何だろう？　たぶん、ちょっと前まではガソリンスタンドだったのかな。いくつか店らしきものも並んでいるけど、人の姿が見当たらない。ただ、ちょうどこちらへ向かってくる人影があって――）

（人影？）

（そう。その人影は大きなカゴみたいなものを背負っていて――カゴの中に何かがぎっしり詰まってる）

（何かって？）

（何か――赤いものだね。こちらへ近づいてくるから、じきに分かるけど。ああ、背負っ

ている人は老人みたいだ）

（おじいさん？）

（そうだね。髪が白くて、痩せていて、あんなに痩せ細った体なのに、あんなに重たそうな――）

（重たそうな、何？）

「あれは、〈林檎売り〉だな」

目を凝らしていた叔父さんが云った。

「それにしても、どういうことなんだ？　今日は、どいつもこいつも林檎を運んでいるのか？　そういう日なのか」

まさか、「林檎を運ぶ日」なんて聞いたこともない。だから、これは林檎が林檎を呼んだ偶然なのだろう。

夕方までには、まだ間があった。じきに日差しは夕陽となって傾き始めようとしていたが、にもかかわらず、僕の目には、こちらへ近づいてくる林檎売りの老人の顔が、夕闇の中で出会った人を思わせるくらい、ぼんやりとしていた。ともすれば、目、鼻や口がないようにすら見える。そのくせ、背中のカゴに詰まった林檎はひとつひとつがつやつやとして、おそろしいくらいに赤い。やはり、発光しているかのようなのだ。

叔父さんが車のウインドウを下げて顔を突き出し、

「あの、すみません」

叔父さんにしては控えめに声をかけた。

老人は歩く速度を変えることなく、ゆっくり車のすぐ横までやって来たが、それでも、その顔つきは判然としない。林檎の香りだけが車を包み込んでいた。

「すみません」と叔父さんが繰り返し、「じつは」と道に迷ってしまったことを伝えようとしたとき、

「なんと、素晴らしい香りがするではないですか」

よく見えない鼻をひくひくさせながら、老人がおかしな口調で云った。

「わしの林檎を買っていただく前に、お前さんたちは、とっておきの林檎を手に入れていらっしゃる」

「そうなのか?」と困惑したように叔父さんが僕の顔を見る。

Ringouri

「もしかして――」

僕はポケットの中から冷たい林檎を取り出し、ウインドウをさらに下げて、老人に差し出すと、

「おお」

老人は、目も鼻も口もよく見えないのに、あきらかに驚いているのが伝わってきた。

「これは、なんとまさしく、アリアドネの林檎ではないですか」

「なんだい、その――」と叔父さんが尋ねる前に、

「これこそ、世にも稀（まれ）な、本当の真っ赤な林檎ですぞ」

老人がおかしな口調でそう唱えた。

38……………アリアドネの赤い林檎

「ほら、ご覧なさい。この色つやと素晴らしく爽やかな香り――これほどの林檎は、そう簡単につくれるものではないんです」

林檎売りの老人はそう云って、目を閉じた。

「めぐまれた気候と林檎を育てる熟練の技術――そのふたつが見事に調和しないことには、このように本当の赤い果皮をまとわせることは出来んのです」

「ふうん」

叔父さんは、わざとなのか、それとも本心なのか、いかにもつまらなそうに気のない返事をした。

「で？　この素晴らしい林檎は、一体、どこへ行ったら手に入るんだろう？」

そう云って、老人に気づかれないよう、僕の脇腹を小さくつついた。どうやら、気のないふりをして、林檎の生産地を聞き出し、林檎を落としていったカナタさんの行方を探ろうとしているらしい。

「エクストラって町ですよ」

老人がそう答えると、叔父さんは強く僕の脇腹をつついた。

「ほう、そうですか。エクストラねぇ」

いかにも興味がなさそうに応え、

「で、そのエクストラっていうのは、ここから遠いのかな」

ダッシュボードに投げ出してあったロードマップを取り上げ、デタラメにページをめくりながら老人の顔色をうかがっている。

「なに、すぐそこですよ」

老人はエクストラへの道順を身ぶり手ぶりを交えて説明した。

「ただし、そう簡単にアリアドネの林檎を手に入れることは出来ませんぞ。そもそも、これがここにこうしてあること自体、ちょっとした奇跡に近いですからな」

「あの」と僕は話に割り込んだ。「そのエクストラというのは、どんな町なんですか」

途端に叔父さんが痛いくらい脇腹をつつき、

「前に話したことがあったろう」と声をひそめた。「なんにもない小さな町だ」

「いいや」

老人は叔父さんのひそひそ声を聞き逃さず、

「そうではないですぞ――」

わざとらしく咳払いをしてみせた。

「あ？」叔父さんは十秒ほど老人と目を合わせ、「ああ、そうかそうか」とつぶやくと、

「あんたの林檎を――そうだな――ひと抱え分、いただくとしよう」

そう云って、気前よく財布からお札を取り出した。

「釣りはいらないから」

お札を差し出し、カゴの中に詰め込まれた林檎をひと抱え分、こちらにいただいた。

「そのかわり、エクストラのことを教えてくれ」

叔父さんはいまいちど老人と視線を合わせ、

「そう――」

老人は叔父さんから受け取ったお札を陽にかざしてあらためている。

「あそこは、まぁ、云ってみれば、この世の隠しポケットみたいな町ですぞ」

お札をきれいにたたみ、大事そうに胸のポケットにしまい込んだ。

「一見、たしかに、何もない小さな町ではあるんだがな、じつのところ、この世のいろんな秘密が見えないポケットにしまい込まれてる。昔からそう云われておる。アリアドネの林檎も、まさにそのひとつなのだ」

「なるほど。で？　林檎の他には何が隠されているんだろう？」

叔父さんが、それとなく食い下がった。

「林檎の他には？――さぁ、そいつはわしにも分かりませんよ。なにしろ、隠しポケットにしまい込まれているんでね」

「もしかして――」

「もしかして？」

「もしかして、それは唄じゃないのかな。誰も聴いたことのない唄が隠されているとか」

「さぁねぇ」

林檎売りは背中のカゴを背負い直し、

「ご自分の目で確かめたらよろしかろう」

そう云って、きっぱり口をとざしてしまった。たぶん、お札一枚分で得られる秘密はこれきり、ということなのだろう。

叔父さんは不満げに鼻を鳴らしたが、

「ありがとう」

老人に礼を云うと、「さぁ」と威勢よく声をあげてハンドルに手をかけた。

「なんだか、急に面白くなってきやがったぞ」

クラクションをひとつ、ふたつ鳴らし、勢いよく車を発進させて、ラジオのスイッチをひねった。

＊

叔父さんはラジオで音楽番組を聴きながら、そこで次々とかかるひと昔前の曲に合わせて、次から次へと調子はずれに歌ってみせた。

僕は車の窓から外の景色を眺めていたのだが、次第に陽が傾いて夕方が近づき、その夕方の青い空気と車内に充ちている林檎の香りが、ちょうどよく溶け合っていた。

夕方と、林檎の香りと、叔父さんの調子はずれの唄――。

それらが、どういうものか奇妙に心地よく、そのせいで、僕はうとうとして、ついには眠ってしまったらしい。だから、どのくらいの時間が経ったのか、よく分からないけれど、

「おい、オリオ、着いたぞ」

という声で目が覚め、ぼやけた目をこすりながら窓の外を見ると、車は知らない町の中を走っているようだった。つまりは、そこがエクストラで、たしかに、特にこれといって特徴のない静かな町に見えた。それは、僕が目覚めたばかりで頭がぼんやりしていたせいかもしれないし、すっかり夕方になって、町を形づくる建物の輪郭が青い空気にぼかされていたせいかもしれない。

だからなのか、ふと窓の外に見えた坂道の入口に、一人の女の子が立っていたのが、あたかも夢のつづきのように思えた。

その女の子は車の音に気づいたらしく、坂の方を見据えていたのに、急にこちらへ振り返って、僕の顔を驚いたような目で見ていた。

というか、驚いたのは僕の方で、その女の子の顔が――いや、顔だけではなく、所在なく立っているその様子も含めて、何から何までココノツによく似ていたのだ。

「ココノツ！」

僕は思わず声をあげてしまい、その声に驚いたのか、叔父さんが「なんだ？」と急ブレーキをかけた。

「どうしたんだ」

（どうしたの？）

胸の真ん中にココノツの声が響く。

（わたしを呼んだ？）

（いや）

僕は頭を振った。本当にどうしたんだろう。寝ぼけているんだろうか。

ココノツは、いつもどおりこうして胸の中にいて――というか、胸の中にしかいないのだから、まさか、こんなところにいるはずがない。

（いまね）

ココノツの声は間違いなく胸の中から聞こえていた。

（いま、おばさんが配達に出かけてしまったから、店番をしていたところなの）

（ごめん、忙しいのに）

僕は胸に手を当てる。

（君にとてもよく似た子を見かけたものだから）

「おい」

叔父さんはラジオのスイッチを切り、息をひそめて、車の外の夕闇に目を凝らしていた。

どうやら、叔父さんもあの女の子に気づいたらしい。ということは、あの子は僕だけに見えている幻ではないようだ。

「あの子を見てみろ」

叔父さんに云われるまでもなく、僕はその子をずっと見ていたのだが、

「林檎を持ってるぞ」

叔父さんがそう云うまで、その子が林檎を手にしていることに気づかなかった。

それはおそらく、夕方の青い空気と林檎の香りが分かち難いひとつのものになっていたように、その子と、その子が手にしている赤い林檎が、まるで彼女の体の一部であるかのように、ひとつながりになっていたからだろう。

「おい、あの林檎はもしかして」

叔父さんはダッシュボードに転がっていたアリアドネの林檎を摑みとり、助手席に置いてあった、林檎売りから買ったひと抱えを上着のポケットに次々と押し込んだ。

「お前も来い」

そう云って、車から外へ出て行き、僕はまだ自分が夢から覚めていないんじゃないかと訝しみながらも、叔父さんのあとに従って、女の子の方へ――坂道の入口の方へ、おぼつかない足どりでついていった。

近づくほどに、そのココノツによく似た子は、よりはっきりとココノツによく似た子として、そこに立っていた。たしかに叔父さんが手にしているアリアドネの林檎と、そっくり同じ、あの燃えるような赤色をたたえた果実を右手に持っている。

（どういうこと？）

と聞こえてくるココノツの声はこちらの胸の中からだ。だから、林檎を持った女の子は、もちろんココノツではなく、さらに近づいてよく見ると、近づくほどに、その子はココノツよりも背丈が小さいことが見てとれた。

（誰なの？）

ココノツに訊かれ、その問いをそのまま女の子に向けようとしたら、

「誰なの？」

小さなココノツに先を越されてしまった。

ふたつの「誰なの？」が向き合って沈黙し、沈黙が青い空気に漂う目に見えない青い塵（ちり）のようなものを、しばし鎮（しず）まらせた。

僕の視線と小さなココノツの視線が、まっすぐに向き合ってつながっている。

急に彼女は笑い出した。

「ごめんなさい。いきなり、『誰なの？』は不躾（ぶしつけ）でしたね。だって、角を曲がって誰かと出くわすたびに、『誰なの？』って訊ねてたら、この世は、『誰なの？』であふれかえって

しまうもの」

その考え方も喋(しゃべ)り方も、どことなくココノツに似ていて、僕はビスポーク・テーラーの小さな路地で初めてココノツと出会ったときのことを思い出していた。

もしかすると、胸の中の本物のココノツも思い出していたかもしれない。

(なんだか、変な気持ち)

本物のココノツの声が囁いている。

「それにね」

小さな方のココノツが云った。

「それに、あなたたちは――」

僕と叔父さんの顔を交互に見上げ、その小さな手にのせた真っ赤な林檎を掲げた。

「あなたたちは、この林檎を持ってるし」

叔父さんの手の中にある林檎に自分の林檎を近づけた。

「ほら、そっくり同じふたつの林檎。あたしはね、食べるものがないから、この林檎ばかり食べて生き延びてきたの。分かります？　こうして誰もいない夕方に坂の下に一人でいるとね、坂の上から、ひとつ、ふたつと転がってくるんです。林檎がよ？」

「そうなのか」

叔父さんは手の中の林檎を握りしめた。

「てことは、坂の上で誰かが林檎をつくってるってことか？」

「それは分からないの」

小さなココノツは全力で首を振った。本物のココノツやアクビさんと同じ、爆発を起こしたような髪の毛がゆさゆさと揺れて、沈黙の青い塵を振り払う。

「だって、坂の上はね」

小さなココノツも林檎を握りしめていた。

「坂の上は、どこもかしこも迷路みたいだから」

39……オリエンタル・ツイストドーナツ

「もし、よかったら」

叔父さんが、小さなココノツに優しげな目を向けた。

「もし、よかったら、その坂の上の迷路へ連れて行ってくれないかな」

「もし、よかったら？」

小さなココノツは不満そうに鼻を鳴らした。

「あなたたちを坂の上へ連れて行くことが、どうして、あたしにとってよかったことになるんですか」

（なんだか、胸がすくわね）

胸の中のココノツが嬉しそうだ。

（わたしが云いたかったことを、すっかり云ってくれる感じ）

「いや、そういうことじゃなくて――」

叔父さんは負けていない。

「そろそろ夕闇が濃くなってくる時間だろう？　俺たちはここへ初めて来たんだよ。だから、ただでさえ道が分からない。な？　そのうえ、迷路ときたら、どうしたってガイドが必要になる」

「だからね――」

（だからね――）

小さなココノツと胸の中のココノツが合唱した。

「どうして、あたしがあなたたちをガイドしなくちゃならないのかしら」

「それは、君が腹を空かせてるからだよ」

叔父さんは、あくまでも優しげな目だった。

「俺も子供の頃は、いつだって腹を空かせてた。俺の父親は、俺と兄さんとお袋を置いて出て行っちまったからね。充分に食えなかったんだよ。君と同じだ。そうじゃないか？」

「そうね」

小さなココノツは急におとなしい声になった。

「まぁ、そんなもんだけど。でも、だからといって――」

「分かってる」

叔父さんは彼女に目配せをした。

「君がガイドをしてくれるなら、それは立派な労働に値する。その立派な働きに対して、ほら――」

叔父さんは上着のポケットに詰め込んであった林檎を次々と取り出した。

「今夜はもう転がってくるのを待つ必要はない。全部、君のものだ」

「ねぇ」と僕はそっと叔父さんの背後にまわって小声で訊いてみた。「いまの話って、本当なの？」

「いまの話って、なんのことだ」

「僕のおじいさんが、家族を置いて家を出て行ったたって話」

「俺はさ――」

こちらに振り向いた叔父さんは笑っていなかった。

「小さな子供に嘘は云わないよ」

笑っている目ではなく、怒っている目でもない。それはおそらく、本当のことを打ち明けるときの目だ。

「そうなの？　本当の話？」

「なんとなく、いままで、お前に話しそびれてた。俺も普段はそんなこと忘れてるしな。だけど、この子を見ていたら、急に子供の頃の俺と重なったんだ。おかしなもんだよ」

小さなココノツは叔父さんから受け取った林檎を、どこからか取り出した大きな白い布で包み、器用に整えて自分の背中に結びつけていた。

「人間ていうのは、こんなに時代も場所も違うのに、そっくり同じようなことをするもんなんだな。違う時代の違うところで同じことが繰り返されてる。俺もさ、あんなふうに果物やら何やらを拾っては、布に包んで背中に背負ってた。彼女の云うとおりだ。そうやって俺は生き延びて――」

叔父さんが云い終わらぬうちに、小さなココノツは坂の方に向かって歩き出していた。急速に濃くなっていく夕闇の中、彼女が背負った白い布が坂をのぼっていく目印になる。

「なぁ、お嬢さん」

坂をのぼりながら、叔父さんが白い背中に訊いた。

「ようするに、坂の上に林檎農園があるってことなのかな」

「それは、あたし、知らないの」

小さなココノツはすぐにそう答えた。

「そうかもしれないし、そうじゃないかもしれない。誰も知らないの。なにしろ、坂の上は迷路みたいだし。ただね――」

「ただ？」

「ただ、迷路をさまよっているうちに、林檎をつくっている工場らしきものを見つけたひとがいて、そこから、たしかに林檎がひとつ転がり出てきたのを見たって」

「それだよ、お嬢さん。われわれはそこへ行きたいんだ」

「そうね」

小さなココノツは息をついた。

「あたしも一度、行ってみたいとは思ってるけど、見つかったためしがないの。そんなも

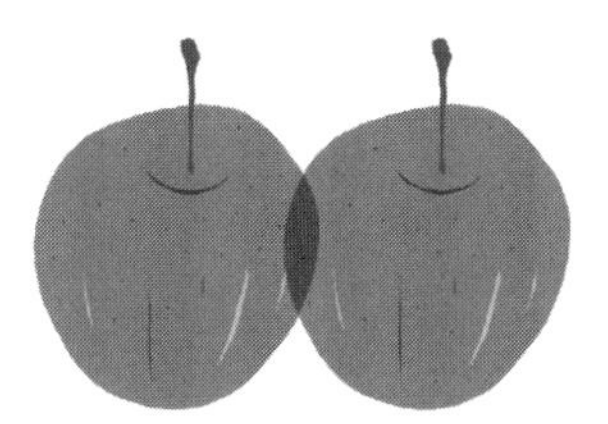

の、あるわけないって云う人もいるし。林檎をつくる工場なんて聞いたこともないって」

でも――と僕はふと思いついた。

もし、林檎ジュースをつくる工場だったらどうだろう。坂の上のどこかに林檎ジュースの工場があって、そこには毎日のように、あふれんばかりの林檎が届けられる。それが、ときどき、本当にあふれ返って、工場から転がり出てくる――。

　こうして坂をのぼってみれば分かるけれど、ここはかなりの急勾配で、もし、工場の人がちょっと手をすべらせて林檎を取り落としてしまったら、間違いなく、林檎はこの坂を転がり落ちてくる。

「もし」

小さなココノツが急に立ちどまった。

「もし、その幻の工場――と、この町のみんなはそう云ってるけど――もし、そこへ行ってみたいなら、あたしには連れて行くことが出来ないの。きっと、迷路に迷って、自分がいまどこにいるのか分からなくなるもの。だから、もし――」

「いや、もし、じゃないんだ」

叔父さんが声を大きくした。

「もし、じゃなくて、ぜひ、そこへ行ってみたい」

叔父さんはひとつだけ手もとに残しておいた林檎——アリアドネの林檎を、のぼってきたばかりの月の光に映えるように掲げてみせた。

「この林檎があるところへね」

「分かったわ」

小さなココノツは坂をのぼるのをやめ、ふいに、坂から枝分かれした小さな路地に足を向けた。

「幻の工場を見たっていうひとのところへ連れて行ってあげる。あたしに出来るのは、それきりだから」

*

どのくらい路地を進んだろうか。

すでに、そこはもう「坂の上の迷路」と呼ばれている界隈（かいわい）なのか、細い道がいくつにも分かれ、ところどころに立っている街灯も、どこかしら心許ない。

幸いにも、ちょうど驚くばかりに大きな月がのぼってきたところで、こんなにも月の光は明るかったろうかと怪しむほど、足もとを確かめることが出来た。

そのうち、歩き進む先にほのかなオレンジ色のあかりが見えてきて、

「ほら」

と小さなココノツが立ちどまり、

「あそこよ」

あかりを指差した。

「あのお店で、お姉さんに訊いてみて」

「お姉さん？」

僕は反射的に声が出ていた。

「その工場を見たっていうひとは、女のひとなの？」

「そうよ」

小さなココノツの瞳が月明かりに輝いていた。ちょうど、あのテーラーの路地の暗がりで初めてココノツと言葉を交わしたとき——あのときの瞳にとてもよく似ている。

「もしかして、君のお姉さん？」

「そうよ」

「あのお店っていうのは」

「ドーナツのお店」

「そこで、お姉さんは働いている？」

小さなココノツは僕の問いに頷き、

「じゃあ、あたしはもうここまでだから。これ以上、お店に近づくことは出来ないの」

「そうなんだ？」

「姉に厳しく云われてるから。きっと、あたしがドーナツを盗み食いするとでも思ってるんじゃないかしら」

そう云って踵（きびす）を返し、白い背中をこちらに見せながら路地を引き返していった。

え？　本当にここまで？

「おい、聞いたか」

叔父さんの声がいつもより控えめではあるけれど、急に生き生きと路地に響いた。

「ドーナツの店だそうだ。ちょうど、そんなものを口にしたい頃合いじゃないか」

それはそうかもしれなかった。叔父さんは、充分に食べることが出来なかった子供の頃を思い出していたのだから、大いに空腹を刺激されているに違いない。

そういえば、叔父さんの好物は、ホットドッグやピザやホットケーキ、それにフランクフルトにドーナツといった、子供が——と僕が云うのもおかしな話だけど——子供が好んで食べるようなものばかりだ。

たぶん、子供のときに、思う存分食べられなかったのだろう。それを、いまになって取り戻そうとしているのか。

そう思うと、「お袋がよくつくってくれた」と話していたオイスター・シチューは、とっておきのご馳走だったに違いない。

それとも、あれは叔父さんの妄想なんだろうか。

なんだか、そんな気がしてきた。

その店は、路地が猫の尾のように曲がっていく角にあり、錆びた看板が淡いオレンジのあかりに照らされていた。

〈オリエンタル・ツイストドーナツ〉

そう刻まれた文字は、かすれて消えかかっている。

僕はその看板の文字を、ひと文字ひと文字、目で追い、小さなココノツがあっけなくいなくなってしまったことを残念に思っていた。

ところが、看板を見上げているわれわれに気づいたのだろうか、店の中のひとが――つまりは、小さなココノツのお姉さんが、

「どうぞ、いらっしゃい」

と、こちらに声をかけてきた。

まずは、その声に驚き、それから少し薄暗く感じられる店の中を目を凝らすようにして窺うと、そこにまた、ココノツによく似た女のひとが、小さなココノツと入れ替わったかのように背を伸ばして立っていた。

いや、背を伸ばしているのではなく、あきらかに小さなココノツより——いや、本物のココノツと比べても背が高く、声はよく似ているけれど、話し方が落ち着いていて、まさに、ココノツのお姉さんと云うしかない。

でなければ、「大きなココノツ」か。

でも、店は小さな店で、すべてがほどよく、変に電灯が明る過ぎるということもないし、ガラスケースの中に並んでいるドーナツは、ひとつひとつ形も大きさも違っていて、決まりきった一律のものではないのが面白い。

「うちは、この、ねじりドーナツと紅茶しかお出しできません」

小さなココノツのお姉さん——大きなココノツが申し訳なさそうに云った。

「かまわない、かまわない」

叔父さんは、さっさと店の隅にあったテーブル席につき、

「こんな肌寒い夜には最高のご馳走だよ」

やはり笑うでもなく怒るでもない、本当のことを打ち明ける目でそう応えた。

「あ、でも」

大きなココノツが、ガラスケースの中から、ねじりドーナツをふたつ白い皿に移し、

「うちのドーナツは甘くないですけど、それでもいいですか」

そう云いながら、叔父さんがテーブルの上にごろんと置いたアリアドネの林檎を、あの大きな瞳を光らせてじっと見つめていた。

40……粉砂糖と危ない橋

夕方が終わって夜が進んでいくその時間に、大きなココノツがテーブルの上へ運んできたねじりドーナツは、たしかに、またとないご馳走に見えた。

いや、そう見えただけではなく、実際、それは咀嚼(そしゃく)する僕の口の中で、その夜を彩(いろど)るひとつのアクセントになった。

どう云ったらいいのだろう。ねじれてからみ合ったドーナツが、口から食道を通って、自分の体の中に取り込まれる。そうすることで、自分もまた、その「ねじれ」に同化していくような心持ちになってきた。

それは、僕ひとりの思いではなく、叔父さんもまた同じ思いを抱いていたようで、

「なるほど、分かったぞ」

ドーナツを食べ終えるなり、粉砂糖のついた指をパチリと鳴らした。

「このねじりドーナツこそ、まるで迷路みたいじゃないか」

叔父さんの云うとおりだった。僕らはまだ坂の上の入口に差しかかったばかりで、小さなココノツが云っていた「迷路」を、まだ体験していない。でも、ねじれてからみ合ったドーナツが、あたかも、ねじれてからみ合った路地を暗示しているようだった。

「お嬢さん」

叔父さんが大きなココノツに声をかけた。

彼女は円盤状の銀のトレイに白いティーカップをふたつ載せ、湯気の立つ紅茶を静かにテーブルの上に置いた。

「お嬢さんは、この坂の上の迷路で林檎の工場を見つけたそうですね」

「はい」

大きなココノツは大きな瞳を伏せて大きくひとつ頷いている。

「妹さんから話は聞きました」

叔父さんはおいしそうに紅茶を飲み、

「このあたりでは、あなた一人だけがその工場を見たことがあるとか」

「ええ」

大きなココノツは手にしていた銀のトレイを胸に抱えた。

「それがどうしてなのか、いま、このドーナツをいただいて分かりました」

え、本当に？　もしかして、叔父さんも僕と同じことを考えていた？

「お嬢さんは、ここで毎日、このねじれてこんがらがったドーナツをつくってる。毎日、毎日ね。だから、失礼ながら、お嬢さんの頭の中も少しばかりねじれてこんがらがっているんじゃないですか？　それで――」

「そうか。それで、ねじれてこんがらがった路地には慣れているんですね」

僕が割り込むようにしてそう云うと、

「おい、オリオ、いちばん大事なところを横取りするんじゃない」

叔父さんが僕を睨んだ。

「ええ、きっと、そうなんでしょうね」

（ええ、きっと、そうなんでしょうね）

その声は、目の前の大きなココノツと、胸の中のココノツの声がひとつになって響いたようだった。

「お二人は、林檎工場を探しているんですか」

大きなココノツはトレイを胸に抱えたまま叔父さんの目をじっと見ている。

「そう——」

叔父さんはトレイにぼんやりと映った自分の顔に気づき、鏡代わりに髪の乱れを直しながら、

「林檎工場というか——この林檎があるところを探しているんです」

テーブルの上に転がったアリアドネの林檎を顎で示した。

大きなココノツは赤々と燃えるような林檎を見つめ、

「工場を見つけたのは、たしかなことなんです」

自分に云い聞かせるようにトレイを抱え直した。

「でも、あの工場が林檎をつくっている工場なのかどうかは分かりません。その真っ赤な林檎とそっくり同じ林檎が工場の方から転がり出てきて——」

「その工場へ、われわれも辿り着けるものかどうか」

「そうですね」

大きなココノツはトレイをテーブルの上に置き、

「ねじりドーナツは、たしかにねじれてこんがらがっています。でも、つくるときは、まず、生地を一本のまっすぐな棒のように伸ばし、それを真ん中からふたつに折りたたんで、ひねりながらからからませているんです」

「なるほど」

「ですから、一見、こんがらがって見えますけど、じつは、ひとつながりの――」

「一本の道！」

叔父さんが声を大きくすると、大きなココノツは、「ええ」と苦笑した。

「つまり！」

叔父さんは粉砂糖を散らしながら指を鳴らした。

「こんがらがった迷路も、結局のところ、一本の道ってことだ」

それはそうかもしれない。

僕らがこうしてつづけてきた旅にしたって、なんというか、叔父さんのデタラメというか行き当たりばったりで、もはや正確には思い出せないくらいこんがらがっている。それでも旅をつづけて、博物館のある自分の街へ帰り着いたら、どんなにこんがらがった旅路であっても、それは僕と叔父さんが辿った一本の道になる。

「よし」

叔父さんが威勢よく立ち上がった。

「こうして、ねじりドーナツをいただいた俺たちは、腹の底からこんがらがってねじれていく。すなわち、ねじれた俺たちだ」

歌うように云った。

「となれば、ねじれた路地だろうが、こんがらがった迷路だろうが、ねじれた俺たちには、ひとつもこわくない。な？　迷うことなく迷路を突破できる。だから、お嬢さん――」

「はい？」

「教えてくれないか。いや、ずっとでいいんだ。ここから、どちらの方へどんなふうに行けばいいのか」

するど、大きなココノツはテーブルの隅に人差し指を置き、

「ここが、いまいるところで、店を出たらまずは右の方へ行ってください」

そう云いながら指をすべらせる。

「そうすると、すぐに路地がふたつに分かれます。そこは左の路地を進んでください」

「ふむ。右へ行って、左の路地だな」

「しばらく行くと、今度は三つに分かれますから、いちばん右の細い道を進み、すぐに左に折れて、右へ曲がって、左へ曲がります」

「右の道を左へ折れて、右、左、と」

「ええ。そして、右、右、右と連続して右へ曲がり、さらに、左、右、右、左と曲がって行くと――」

「いや、もうそこまででいい」

叔父さんが肩をすくめて首を振った。

「俺たちはもう『ねじれた俺たち』なんだから、そんな細かい道順なんて必要ないんだ」

そう云って、

「たぶんな」

と僕にだけ聞こえる小さな声で付け加えた。

「大丈夫なの？」と小声で返すと、

「大丈夫かどうかなんてことを云い出したらキリがないぞ」

叔父さんはさらに声をひそめた。

「人生はいつだって、大丈夫かもしれないし、大丈夫じゃないかもしれないんだ」

ほとんど声にならない声だった。僕はいつからか――いつからだろう――叔父さんの口の動きだけで、大体、何を云おうとしているのか分かる。

（な？）

叔父さんの口が動いた。

（ひとつだけ分かっているのは、先のことはどうなるか分からないってことだ。それが、この世の唯一の真実で、何もかも分からないのに、未来がどうなるか分からないってことだけは分かってる）

「分からないってことを分かってる？　なんだか、こんがらがってきた」

「いや、ひとつもこんがらがってなんかいないぞ。な？　俺たちは、分からないってことを分かってるんだ」

「でも、だから、不安になるんじゃないのかな」

「不安？　だって、未来のことは何も分からないんだから、不安になりようもないじゃないか。なのに、分かったような気になって勝手に不安になる。まったくおかしな話だよ」

「でも」

　と僕は声に力を込めた。

「慎重になるのは大事なことじゃないかな。『いいか、オリオ、よく聞け。危ない橋は渡るべきじゃない』って、いつだったか叔父さんはそう云ってた」

「それはな、目の前にあるのが、『危ない橋』だと分かっているときの話だ。目の前っていうのは、未来じゃなく、『いま』ってことだ。な？　だから――」

「あの」

　大きなココノツが叔父さんの言葉をさえぎるように銀色のトレイを差し出した。

「もしかして、お二人は、工場に辿(たど)り着けるかどうかを話し合っているんですか？」

「そのとおり」

トレイにはばまれて叔父さんの顔が見えなかったが、代わりに、トレイに映る自分の顔がこちらを見ていた。

「そのこんがらがった道というのが、『危ない橋』である可能性はないのか、という話です」

　そう伝えると、大きなココノツはトレイをひるがえして胸に抱え、差し向かいになった僕と叔父さんの顔を交互に見て笑い出した。

「お二人とも、揃って、そんな真剣な顔をして」

　彼女は笑いがとまらないようだった。

「妹が何と云ったか知りませんけど」

「坂の上では、『迷路に迷って、自分がいまどこにいるのか分からなくなる』と云っていました」

「妹はまだ子供なんです」

　彼女は笑いを引っこめた。

「子供にとっては、すべてが『危ない橋』です。だから、妹には坂の上で迷子にならない

よう、大げさに注意しました」

「なるほどな」

叔父さんが真剣な顔のまま腕を組んでいた。

「たしかに、子供と大人では、何が『危ない橋』で、何がそうじゃないかが違ってる」

ということは、叔父さんにとって、僕はもう「子供」じゃないということだろうか。

銀色のトレイにぼんやりと映った自分の顔の残像が頭の中にゆらゆらと残っていた。

つまり――。

つまり、大人になるということは、それまで大人たちから「危ない」と言い含められていたものが、じつのところ、それほど危なくはない――あるいは、まったく危険ではないと、ひとつひとつ橋を渡って確かめては、不安を解消していくことなのかもしれない。

「でも、大人だって、本当は未来が怖いですよね」

大きなココノツがぽつりとそう云った。

「ふうむ」と叔父さんは腕を組んでいる。

なるほど、だから叔父さんは、ねじりドーナツを食べたら、ねじれた迷路に適応する

「ねじれた俺たち」になれるなどと非常識な論理を説いたのだ。

　本当のところ、不安だから。

　その非常識な論理は、店を出て、いよいよ路地に向かう段になったとき、論理から別のものへと成り代わった。

「店を出たら、まずは右の方へ」

　教わったとおりの道順を僕が復唱すると、叔父さんは路地へ参入する前に目を閉じて低くつぶやいた。

「アブドラ・ハブドラ・サブドラサ」

　この世の常識で解けないものに参入するときの呪文だ。

41……………最後に行き着くところ

「道順なんてものはだな」

叔父さんの目が泳いでいた。

「そんなもんは、たまたま誰かが歩いた道筋のひとつに過ぎんのだ」

それはまぁそうだけど、あらかじめ、「迷路」と呼ばれているところへ無防備に分け入って行くのだから、分かっているなら、やはり道順に従った方がいい。それは叔父さんだって理解しているはずだ。

それなのに、「ひとつに過ぎん」などと言って目を泳がせているのは、大きなココノツさんから聞いた「工場」への道順が、まったく頭に入っていないからだろう。

「アブドラ・ハブドラ・サブドラサ――」

叔父さんはいまいちど呪文を唱えた。

たぶん、叔父さんはこの世にめぐらされた様々な道順から大いにはずれて生きてきたのだ。だから、ときどき大いに困って、どうしていいか分からなくなる。それで発明されたのが、「アブドラ」の呪文なのだろう。

「おい、オリオ」

叔父さんは込み入った細い路地をデタラメに進んでいたが、急に立ちどまって咳払いをひとつした。

「何度も云うが、心配することはないぞ。俺の経験からすると、『アブドラ』の威力はいつだって完璧だ。それに——」

叔父さんはふたつに分かれた路地に話しかけているようだった。

「すべての道はローマに通ず、とか何とか云うだろう？　すべてはつながってるんだよ。幸いにも、俺たちは急いでいない。そもそも道順なんてものは——」

叔父さんはそう云いながら、おそらく何の根拠もなく右の道を選んだ。

「道順なんてものは、先を急ぐ奴に用意されたものだ」

そうだっけ？

「じゃあ、先を急ぐの『先』ってなんだ？　俺たちの『先』にあるものはなんだ？　俺たちみんなが最後に行き着くところはどこなんだ？」

叔父さんはそれを明言しなかったけれど、「最後に」というところで天を仰いだから、きっと、父や母やベルダさんや終列車が辿り着いたところを意味している。

「それにだ」

また行く手がふたつに分かれていた。

「誰もが道順に従って、ひとつの道だけを進んで行ったら、他の道はどうなっちまう？俺は他の道ばかり歩いてきたから、よく分かる。本当に面白いものは他の道にあるんだ。そういうもんだよ。どうしてなのかは知らん。でも、俺は知ってる。人生ってのは道順を見きわめることじゃないんだ。道順とは別のところに自分の道を見つけることだ。な？じゃないと、道順に選ばれなかった道が浮かばれんだろう」

叔父さんが云っていることは間違っていない。たぶん、そのとおりだ。でも、道に迷って、途方に暮れて、どうしていいか分からなくなるのは――僕の経験からすると――ひとつも楽しくない。ただ苦しいだけだ。

そうなんだけれど――。

道に迷ったことで、僕は叔父さんと親密になれた。何より、ベルダさんと出会えた。それに、ココノツにだって出会えた。

相変わらず僕は道順が分からないまま、いまここにいる。もし、これを「迷路」と呼んでいるなら、あとになって思い出したときに、この世には楽しい迷路もあるのだと回想するはず。

それはそうなんだけれど――。

いまはまだそのときじゃない。僕は迷っている。叔父さんも迷っている。

もっと云うと、仮にその「工場」に辿り着いたとしても、そこが僕たちの探しているところかどうかは分からない。迷うということは、「分からない」ということで、仮に「分からない」ということが分かったとしても、「分からない」が生むのは、やはり不安だ。

急に叔父さんが唄を歌い出した。僕が不安げな顔をしているからだろう。

ギターの伴奏がないので、最初は何を歌っているのかはっきりしなかった。そもそも音程が合っているのかどうかも怪しい。でも、どうやら、あの唄――「青い石の中に消えた男の唄」のようだった。メロディーはもちろんのこと、叔父さんは何度か歌ううち、歌詞もデタラメになっている。ミランダさんから教わったものとは、ずいぶん違っていた。

そうだ。そういえば――、

(やっと思い出した?)

胸の中のココノツがすかさず話しかけてくる。

(でも、しょうがないんじゃないかな。わたしは所詮、オリオの胸の中にしかいないんだし、現実のそっちの世界に、わたしによく似た姉妹が出てきちゃったんだから、わたしのことなんか忘れちゃってもしょうがないよ)

いや、そんなことはないけれど――。

(人は、忘れていく生きものなの。そういうふうに出来てるの。うまい具合にね。だから、オリオはそのうち、本当にわたしのことを忘れてしまうんだと思う)

いや、決してそんなことはない。まさか、君のことを忘れるわけがない。

（でも、いま叔父さんが歌ってる歌詞が正しいかどうか分からないでしょう？　なんとなく、デタラメだってことは分かるけど、じゃあ、正しい歌詞はどんなだったかって考えてみても、もう、すっかり忘れてしまったんじゃない？）

ふうむ。返す言葉が見つからない。

（あのね、これはわたしの直感なんだけど、あの唄の歌詞をしっかり確認した方がいいと思うの。すごく長いから、どうしても簡単には頭の中に入らないし、たとえ覚えられたとしても、すぐに忘れてしまうんじゃないかな。だからね、早く何かに書きとめてほしいんだけど、いまは無理？）

そう——いまはまさに「迷路」の中をさまよっているところだから。

（なるべく早い方がいいと思うんだけど）

「おい、オリオ」

叔父さんの声が横から入ってきた。

「お前がいま、何を考えているのか当ててやろう。お前は俺が工場への道順を忘れてしまったんじゃないかって思ってる。そして、忘れちまったことをごまかすために、『アブドラ』の呪文を唱えているんじゃないかと疑ってる。違うか？」

まぁ、正直に云うと、そのとおりなのだけれど、

「いや、そんなふうには思ってないよ」

と嘘をついた。叔父さんは、「そうかそうか」と大きく頷き、

「じゃあ、お前も『アブドラ』を唱えてみろ」

と背中を叩かれた。

「こういうもんは、俺のようなくたびれた奴より、お前みたいに若い心を持った奴の方が効き目があるんだ。さぁ、云ってみろ」

おりしも、またふたつに分かれた道に突き当たり、さて、どちらへ行くべきかと考えた挙句、左の道を見据えて唱えた。


「アブドラ・ハブドラ・サブドラサ」

云い終わらぬうちに、左手の道の奥から何かがこちらへ向かってくる気配があった。

「見ろ！」

叔父さんが声をあげたのと、僕がその気配の正体を確認したのが、ほとんど同時だった。

林檎だ。

林檎がこちらへ向かって、ひとつ、ふたつと転がってくる。

これは、迷路が先へ進むにつれて坂の傾斜が険しくなっていることを示していた。

林檎はニュートンの家の庭で重力に従ったように、この坂道の迷路においても、自らの重みと結構な勾配によって、こちらへまっすぐ転がってくる。

「こいつを辿って行けばいい！」

叔父さんは足もとに転がってきた林檎を拾い上げ、

「間違いない」

と頷いた。

「これは、あの男が落としていったアリアドネの林檎だ」

＊

いったい何があったのかというほど林檎は坂を転がってくる。

それは月明かりに照らされて、いかにもつやつやと赤く、ある一定の間隔をおいて、ひとつ、ふたつと転がってくる。

まるで誘っているかのようだ。僕らが道を見失わないように、

「ほら」

「こちらですよ」

「ほら」

と歌うように転がってくる。

もし、「アブドラ」の呪文によって、この誘導が引き起こされているのだとしたら、叔父さんのデタラメは大したものということになる。

でも、もし、「アブドラ」とは何の関係もないのだとしたら、誰か——それはやはり、

あの遊園地に林檎を落としていったカナタさんだろうか——が僕らを呼び寄せているということになる。

　はたして、同じことを考えていたのか、

「望むところだ」

　と叔父さんは林檎が転がってくる方へ足早に向かい、

「俺はこわくないぞ」

　と声を震わせた。だから、叔父さんがどうであるか本当のところは分からないけれど、僕は不思議と恐怖や不安が遠のいていくのを感じ、坂をのぼっていく辛さすら遠のいて、僕らを手招いているかもしれないその人に対面する心の準備もできていた。

　そして、それはそうなることが決められていたかのように、あっけなく訪れた。

「あそこだ」

　叔父さんが指差したのは、これといって特徴のない建物で、月明かりによるものか、鈍い銀色に見える。看板のひとつも見当たらないし、ぼんやりとあかりが灯(とも)った四角い窓がいくつかあって、それもまた何ら特別なものではない。だからもし、その建物の入口から

真っ赤な林檎が転がり出てこなかったら、まるで気にとめることもなく通り過ぎていただろう。林檎は、

「ほら」

「ここだ」

「ほら」

「ここですよ」

と鈍い銀色の門の向こう——入口と思われる暗いところから甘い香りをふりまきながらあふれ出していた。

「俺はこわくない。まったくこわくなんかないんだ」

叔父さんがそう云いつつも、その暗い入口に尻込みしていると、声に反応したのか、それとも、僕らが林檎に誘われて辿り着くのを待ちわびていたのか、暗い入口から暗い人影が切り出されたようにこちらへあらわれた。

「ようこそ」

「ようこそ」

人影はふたつの声を同時に発したかのように僕の耳には聞こえた。

「お待ちしていましたよ」

「お待ちしていましたよ」

人影はひとつだけれど声はふたつで、僕の耳が正常に働いているとすれば、それは、ハルカさんの中のカナタさんの声――あるいは、カナタさんの中のハルカさんの声がふたつ同時に聞こえた感じだった。

「答えを教えてあげましょう」

人影はさらに一歩こちらへ近づき、暗がりをつくっていた入口のひさしから抜け出ると、ちょうど頭の上に差しかかった大きな月が、この夜のスポットライトとなって人影を照らしてみせた。

「私です」

カナタさんだった。

遊園地ではスーツを着ていたけれど、青い月明かりでそう見えるのか、全身を真っ青な作業衣で包み、しかし、あのおかしな時計はそのままで、作業衣の模様にも見えるし、カナタさんと付かず離れずで宙に浮いているようにも見える。

「出たな、時計野郎め！」

叔父さんが声を震わせて野次を飛ばした。

42……赤と青

　叔父さんがひどい野次を飛ばしたのに、

「どうぞ、中へ」

とカナタさんはとてもていねいに僕らを工場の中へ招き入れてくれた。そこは外の世界から完全に遮断されているかのようで、湿気を孕(はら)んだ狭い路地をめぐり歩いてきたせいか、きれいに磨かれた空気を体中に浴びたような爽快さが感じられる。

「ここには、ご覧のとおり、あちらこちらに林檎があります」

　カナタさんは僕らを導きながら薄暗い部屋を通り抜け、その向こうに広がっている大きな空間へ抜け出た。

「でも、林檎をつくっているわけではありません。林檎を加工したジュースや菓子をつくっているわけでもありません」

言葉とは反対に、その広い部屋――というより、やはり工場の中の作業場のようだったけれど――には、あふれ返るほどの林檎が積まれていた。薄暗さに目が慣れてくると、周囲のほとんどが林檎で埋めつくされ、その赤い色に取り囲まれた中心に、見たことのない機械が置かれている。作業台があり、長年使い込まれてきたに違いない奇妙なかたちをした道具らしきものが整然と並んでいた。

その様子はどことなく博物館の〈保管室〉を思わせた。白衣ではなく青い作業着ではあったけれど、スーツから着替えたカナタさんの姿は、ベルダさんに似た職人のたたずまいに通じるものがある。

「申しおくれました。私の本当の名はタナカといいます。カナタという呼び名は師匠がつけてくれたもので、タナカをさかさまにしたものでした」

カナタさんは――本当はタナカさんだけれど――そう云って、ひとつ息をついた。

「妹の名前がハルカでしたから、二人合わせてハルカカナタ。『遥か彼方の国からここへやって来た者にふさわしい名だ』と師匠は云いました」

「師匠」という云い方にやはりベルダさんを思い出し、最初は僕も身構えていたけれど、

Kanata

一気にカナタさんに親近感を覚えた。

「師匠のヒイラギ先生も遥か彼方の国からここへいらっしゃったのです。なぜなら、このエクストラの林檎畑には、じつに理想的な真っ赤な林檎が実るからです。ええ、いまここに積まれている林檎がそれです」

「ああ――ア、リ、ア、ド、ネ、の林檎だな」

叔父さんが舌を噛まないようにゆっくり唱えた。

「ええ、その名前も師匠が名づけたのです」

「てことは、そのヒイラギ先生っていうのは、林檎づくりの名人か何かなのか」

「いえ、師匠はインクづくりの名人で、それも青いインクだけをつくっていました。師匠にも、また師匠がいらっしゃって、インクづくりの秘訣は、すべてその師匠の師匠から教わったそうです。私が先生から教わったようにです」

「ほう」

叔父さんが顎をあげた。

「まさか、その青いインクづくりの秘訣に真っ赤な林檎が必要なのか」

「おっしゃるとおりです」

カナタさんは作業台の上に転がっていたアリアドネの林檎を手にした。

「昔からこのあたりでは青いインクの原料となる石が豊富に採れました。それを知って、ヒイラギ先生はこの地へ来たのですが、決め手となったのは、この林檎でした。というのも、先生の師匠は遥か彼方の国の林檎農園で生まれ、ものごころついたときから真っ赤な林檎に囲まれて育ったのです。おそらく、素晴らしい赤に囲まれて育ったことで、先生の師匠は、またとないブルーを生み出すことができたのでしょう」

「そりゃ面白い」

叔父さんが頬をゆるめた。

「赤に染まった奴が青を生み出したなんて」

僕はココノツから聞いたあの唄の歌詞を思い出していた。


いいかい、みんな。

本当の深い青を知りたいのなら、

そのかたわらに、
　本当に真っ赤な林檎を並べてみることだ。

（そう、それよ）

　ココノツも同意した。

「ということは、それがつまり」

　僕は頭の中を整理しながらカナタさんに訊いてみた。

「それが、〈五番目のブルー〉になったのですね」

「ええ」

　カナタさんは大きく頷いた。

「正確に云いますと、〈五番目のブルー〉はもともとこの地でつくられていた青色でした。しかし、生産者が途絶えてしまったのを知ったヒイラギ先生が、遥か彼方から移住してきて後を継いだのです。というのも、先生が師匠の師匠から学んだ青いインクが、〈五番目のブルー〉とそっくり同じ色だったのです」

「そんなことがあるんですね」

「私も先生に訊ねました。なぜ、遠く離れたところで同じブルーがつくられていたのかと。ヒイラギ先生の答えは、『化学的には分からない』でした。しかし、化学を超えた赤い林檎の力が、つくり手の心情に作用して、『またとないブルーを生んだのではないか』と先生は云いました」

「ふうん――」

叔父さんが急に声を落とした。

「まぁ、アンタがつくってきたインクの話は分かったけど、この話を聞かせるために、わざわざ俺たちをつけまわして、挙句の果てに、こんなところへおびき寄せたのか」

「おびき寄せたというのは少しばかり語弊（ごへい）があります。しかし、お二人の動向が気になっていたのは確かです。私がお話をお聞かせするのではなく、私の方が、お二人にお訊きしたいことがあるのです」

「もしかして」

話の流れから察し、

「〈六番目のブルー〉のことでしょうか」

「ええ」

カナタさんは手にしていた林檎を作業台に戻した。

「あなたたちは、〈六番目のブルー〉を探していらっしゃる。しかも、例の唄についてご存知のようだ」

「はい——ご存知というほどではないんですけど」

「私もあの唄のことはなんとなく知っていました。私が偶然、〈六番目のブルー〉をつくり出したとき、どうして、〈五番目のブルー〉が〈六番目のブルー〉に進化したのか、その理由を知りたかったのです」

「ちょっと待ってください」

僕は教室の生徒のように手を挙げた。

「〈六番目のブルー〉もカナタさんがつくったのですか」

「正確に云うと、私自身は何もつくり出していないのです。〈五番目〉にしても同じことで、ダン博士は、『君が完成させた』と評価してくださいましたが、私はエクストラの職人たちがつないできた技術にヒイラギ先生から学んだことを統合することで、より理想的なブルーを再現したまでです」

「では、つくり出した人は別にいるのですね」

「最初につくったのは、大昔の誰かでしょう。〈六番目〉について云えば、私は偶然、大昔の誰かと同じ発見をしただけです。発見と云っても、どうしてそうなったのか理由は分からないのですが、〈五番目〉をつくっていたはずなのに、いつのまにか別のブルーに化けていたのです。なぜ、そうなったのか？　私はなにより、その理由を知りたいのです」

「昔の職人さんが何か書きのこしていないのですか」

「ええ、私もそう考えました。それで、この地に伝わる色づくりの職人が残した奥義の書をひもといたのです。すると、そこに私と同じように、『理由は判然としないが、五番が六番に化けた』という記述が見つかりました」

「その答えが、あの唄にあるのでしょうか」

「それは分かりません。そうかもしれませんし、まったく関係ないかもしれない。ただ、奥義には二十一番までつづく長い唄のことも書かれていて、脈々とつづけられてきた色づくりの営みと何かしら関係があるのでは、と思うのです」

「それで、僕たちをつけてきたんですか？　もしかして、唄の謎が解けるかもしれないと」

「申し訳ありませんが、そういうことです。決して、悪気はないのです」

「いや」と叔父さんが見えない何かを払いのけるような仕草をした。「アンタはともかく、アンタの妹のハルカだっけ？　あの人はずいぶん荒っぽいやり方だった」

「すみません。妹はまだ子供なのです。大人になりきる前に亡くなってしまったので、そこから成長できなくて」

「え？」と叔父さんは呆気にとられていた。「なんだって？」

呆気にとられたのは僕も同じだったけれど、同時に、ハルカさんがすでにこの世にいらっしゃらないというのは、（そうかもしれない）と胸の奥にまっすぐ届いた。

「私は――うまく云えませんが、ハルカが天に召されてから、ただ一人の私ではなくなったのです。彼女がこの世から消えてなくなってしまうことが、どうしても信じられず、必死に私の中にハルカを留めました。だから、いまも私の中に彼女はいるのです。それは間違いありません」

そういえば、叔父さんもそんなことを云っていた。俺の中に終列車は「いまもいる」と。

「その証拠に、ときどきハルカは私を越えてあらわれます。私の姿かたちを押しのけるように彼女が顕現するのです。私はむしろそれが嬉しくて、博士やイレヴン氏の前では、なるべく私の姿を消すようにしていました」

なるほど、それでイレヴン氏は、「ハルカさんの中にカナタさんがいる」と云っていたのだ。

(わたしたちも似たようなものじゃない?)

胸の中からココノツの声が聞こえてきた。

(わたしたちはまだ死んでないけど、いつか死んじゃったとしても、きっと、こうしてオリオとおしゃべりできると思う)

僕も同感だ。そこには理屈も何もない。夢や希望やロマンでもない。

人と人が「結ばれている」というのは、すぐ隣に寄り添っているからそう云うのではない。たとえ、二人がいる時間や空間が遠く離れていたとしても、すぐ隣の誰かと言葉を交わすように睦み合える。たぶん、人間にはそんな力がある。

と、そんなことを考えていたら、まるで、時と場所とがトランプのカードをシャッフルするように入り乱れ、頭の上をものすごい速さで雲が流れて、月が痩せたり太ったりを繰り返した。もちろん、それは僕の頭の中の出来事なのだけれど、そうした幻影がもたらしたのは、カナタさんと入れかわった——カナタを越えてあらわれた——ハルカさんの姿だった。

「聞いたでしょう？　兄の話」

ハルカさんはきわめて穏やかな声でそう云った。声がやわらかくなっていただけではなく、首からさげていた目覚まし時計がなくなっている。

「兄が〈六番目のブルー〉をつくることができたのは、おそらく、わたしを失ったからです。わたしには想像もつかない深い深い悲しみにとらわれてしまったようで。でも、それでも世界は回りつづけ、回りつづければ時が流れて、時が流れたら、悲しみも時間に洗い流されていきます。それでいいんです」

ハルカさんは穏やかであるばかりか、何かが少しずつ希薄になっているようだった。

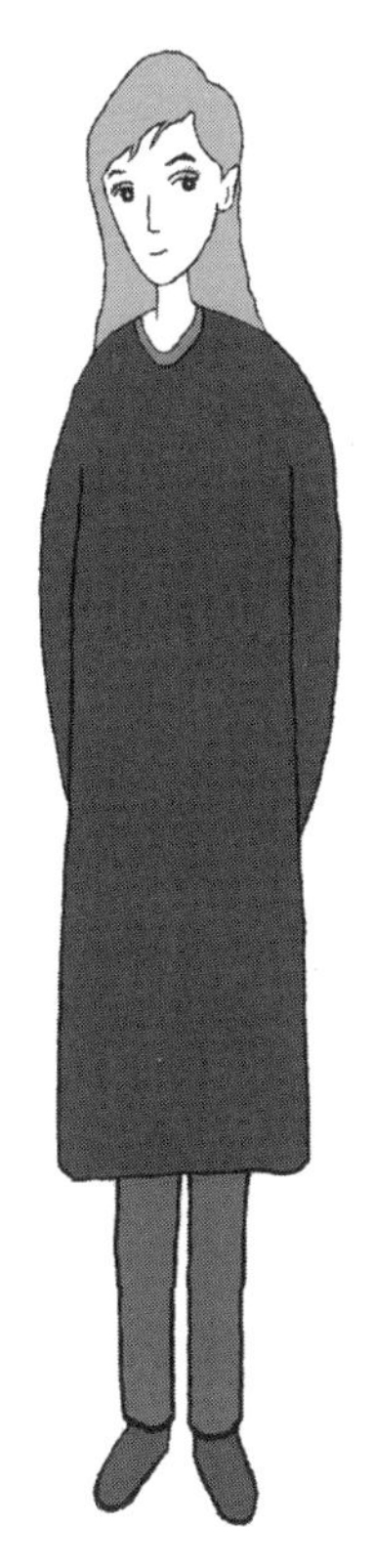

Haruka

「それで私も、ようやく兄の中から消えてゆけるんです。すっかり消えてなくなることはないでしょうが、深い深い悲しみをもたらすものは、もう、ほとんど消えています。わたしの姿にしても同じです。それでいいんです」

その言葉どおり、ハルカさんの存在そのものが縮小されていた。大きなココノツが小さなココノツに入れかわってしまったみたいに、すっかり少女の姿に戻りつつある。

「だからね」

ハルカさんの声は小さく絞られていた。

「だからもう、〈六番目のブルー〉のことは忘れてください。分かったでしょう？　それでいいんです」

「待ってください」

僕はハルカさんに近づこうとしたのだけれど、時間が――世界がとまってしまったかのように身動きできなかった。

でも、それはほんのひとときで、すぐに世界は何ごともなかったかのように回り始め、僕の意識も正常に動き出すと、ハルカさんの姿はもうそこになかった。

43……雲をつかむような話

何がどうなっているのか分からなかった。

分からないのだけれど、ひとつだけ確かなことがあり、それは、カナタさんとハルカさんは同時に姿を見せないことだった。

二人は時間や空間や次元を超えてお互いを共有し合っているかに見えたが、本当のところは、カナタさんがハルカさんのことを忘れられず、世界が時を回していくことに抗うように、ハルカさんをこちらに留めているのだろう。

時計をさかさまに回すのはそのあらわれだろうし、はたして、実際に時が巻き戻されているかどうかは分からないとしても、カナタさんの強い思いが――強い悲しみが、常識を超えた事態を引き起こしているのは間違いなかった。

「いえ、分かっているんです」

ハルカさんの姿が消えてしまうと、入れかわるようにカナタさんがそこにいて、なめらかなビロードを思わせる声で云った。

「私はもう、時間を玩ぶようなことをしてはならないのです。分かっています。時間を玩ぶことは、死を玩ぶことになります。オリオさん、あなたのお仕事はたしか――」

「博物館の〈保管室〉で働いています」

「そうでしたね。あなたのお仕事は、命を失ったものたちから魂を抜きとり、死を死として確定させることです。決して玩んだりはせず、冷静に死を見つめて、生きている人たちに正しく死を引き渡している。私は学びました。私もそうするべきだと。でなければ、この悲しみはどこまでも消えません。それはおそらく、よくないことです」

(そうなんだろうか)

僕の体の中のどこか奥深いところから声が聞こえてきた。

それは、はたして僕の声なのか。少なくとも、ココノツの声ではない。カナタさんの声でもない。もちろん、ベルダさんの声でもない。

やはり、僕の声だ。

僕の奥深くにいる僕は、僕の深い悲しみを消し去ることが「いいこと」なのかどうか分からない。なぜなら、その悲しみを消してしまったら、その悲しみをもたらした人たちも消え去ってしまうように思うからだ。

そうではないのか？

「時間は残酷なものだよな」

叔父さんが急に声を上げた。それも、かなりしっかりした声で。

「すべてを、こっちからあっちへ連れ去ってしまうんだから。残酷だよ。ホントに何もかもすべてだ。免れるヤツはひとりもいない。時間と一緒に俺たちはみんなあっちへ近づいていく。だけどな——」

叔父さんはそこで深呼吸をひとつした。

「だけど、時間は俺たちの悲しみをやわらげてくれたりする。時間の野郎はさ、俺たちの大事なものをことごとく奪いとっていきやがるが、俺たちの悲しみや辛い気持ちや苦しみも連れて行きやがる。うまいこと出来てるよ。大事なものを奪われたことはたしかに悲しい。間違いなく悲しいよ。だけど、悲しみには終わりが必要なんだ」

（わたしもそう思う）

ココノツの声が胸に響いた。

（大丈夫よ、オリオ。悲しみに終わりが来ても、大切な記憶はあなたの中できっと残されるから）

（そうだよね）

僕はそう答えながら、叔父さんの横顔を見ていた。

唇が小刻みに震えていたからだ。叔父さんは震えを止めようとして唇を噛み、顎を上げて天井の電球をじっと見上げている。

たぶん、叔父さんは時間に奪われた大事なものを、ひとつひとつ思い出しては、涙をこらえていたんだと思う。

天井の電球は、夜空の星のようにまたたいて見えた。

＊

でも、すべての電球がそうとは限らない。

そのホテルに備えられた電球は、またたいているどころか、明滅を繰り返し、息も絶え絶えというふうに、いまにも消え入りそうだった——。

僕と叔父さんはカナタさんの手引きによってエクストラの街なかに移動し、カナタさんが懇意にしている小さなホテルに辿り着いた。すでに、だいぶ遅い時間になっていて、じきに今日が終わって明日になってしまう頃合いだった。

ホテルのロビーはそもそも照明が半分落とされていたが、電球の寿命が尽き果てようとしているのか、フロントでチェックインをしているあいだ、常に頭上でついたり消えたりしていた。

「そうか、電球も——」

叔父さんは宿泊台帳にサインをしながら僕の耳もとで囁いた。

「電球も死ぬんだな」

電球が消えかかっているせいか、ホテル自体がくたびれて見える。

でもその一方で、そこに流れた時間が風格や重みのようなものを施しているようにも見えた。きっと、それなりに歴史のあるホテルなのだろう。

ホテルのちょうど裏手に、〈六番目のブルー〉を販売していたハート&インク社の社屋があり、カナタさんが地図を書いて教えてくれた。

「ここがホテルです」

と地図に○を付け、

「ここがハート&インク社です」

アクビさんは、ハート&インク社が「廃業している」と云っていたけれど、カナタさんに訊いたところ、

「正しくは、休業といったところでしょうか」

とのこと。ちなみに、〈五番目のブルー〉の販売会社も、そこからさほど離れていないところにあるという。

「どちらのインクも、私がこの工場でつくっていました」

カナタさんは右手と左手を差し出し、

「このことはダン博士にも話していません。私だけの秘密でした。しかしどういうわけか、

〈六番目のブルー〉がつくれなくなってしまったのです」

差し出した左手を引っ込めた。

「なぜ、五番目から六番目がつくられたのか、どうしても分かりませんでしたが、どうして、つくれなくなってしまったのかも分からないのです」

分かっているのは、〈六番目のブルー〉を成立させている何か——それを博士は「元となる岩石」と云っていたけれど、カナタさんの話によると、じつのところ、失われてしまったのは岩石ではないようだった。「岩石が失われた」という説は、〈六番目のブルー〉をつくれなくなってしまったカナタさんが流したデマで、本当はそうではないのだという。

「そうではないのですが、しかし、それが何なのかは分かりません」

カナタさんはそう云って、ため息をついていた。

僕は頭の中が混乱していた。

カナタさんは「分からない」と首を振っていたけれど、カナタさんと入れ替わるようにあらわれたハルカさんは、

「兄が〈六番目のブルー〉をつくることができたのは、わたしを失ったから」

と明言していた。二人はひとつの魂を共有しているように思われるのに、なぜ見解に相違があるのだろう。

それとも、思いがひとつに定まらないから、カナタさんの中でふたつの考えが戦いつづけているのだろうか。


「まったく雲をつかむような話だ」

ホテルの部屋は二階のいちばん端で、叔父さんは寝台に倒れ込むように身を投げ出すと、

「結局、お前の探してるインクは、もう存在してないってことだ」

そう云って目を閉じた。それ以上、何も云わない。まさかとは思ったが、あっという間に眠っていて、いくら体を揺すっても起きなかった。よほど疲れていたのだろう。叔父さんは車の運転をしてきたし、カナタさんの工場を出て坂をくだるとき、

「このくらい急な坂になると、のぼるときもキツいが、おりるときはもっとキツいんだ」

そう云って、膝をさすっていた。

なんだか申し訳なかった。もとより見つかるはずのないものを探し回り、そんな不毛な

旅に傷心の叔父さんを付き合わせてしまったのだ。

（そうね）とココノツの声がやわらかく響く。（でも、まだ終わってないから）

（そうなのかな？）

（そうよ。せっかく、わたしがあの唄の長い長い歌詞を書き写してきたのに）

不意に天井から吊り下がった電灯が小刻みに明滅し始めた。ロビーの電球と同じだ。部屋の中の電球も、そろそろ寿命が尽きかけているらしい。

（どうしたの）とココノツが不安げな声になる。（何かあった？）

（いや、電球が切れてしまいそうで）

（電球？）

（パチパチと音を立ててる。博物館でも、ときどきあるんだ。急に電球がこと切れてしまうことが）

（待って。切れそうだけど、まだ切れてないのよね）

（そう。辛うじてなんとかね）

（じゃあ、急がないと）

（何を？）

（だから云ったでしょ。歌詞を書き写してほしいの。何か書きとめる紙とペンはある？）

（紙は――）

部屋の隅に書きもの机があり、引き出しを確認してみたら、中に備え付けのレターペーパーが仕舞われていた。

（レターペーパーがある）

（それでいいわ。ペンはどう？　何か持ってる？）

（ペンは――そう、イレヴン氏の店で買った羽根ペンがある）

叔父さんのバッグにしまいこんであった羽根ペンを取り出してきたが、ペンはあっても肝心のインクがない。

いや、そうじゃない。インクもあるのだ。

博士の研究室で、「どうぞ、差し上げます」とハルカさんが〈五番目のブルー〉をひと壜くれたのを思い出した。ジャケットの内ポケットを探ると、指先がインク壜の冷たさに触れ、取り出して机の上に置いたら、

「さぁ、早く書け」

と誰かに背中を押されたような気がした。

（急いで）とココノツも急かしてくる。（もし、電球が切れちゃったら――）

そう云った途端、頭上で火花が散るような音が鳴り、その一瞬で部屋の中は真っ暗になってしまった。

（んっ）と声を上げたときにはもう闇の中で、幸い、ココノツの声は暗さに関係なく聞こえたが、この暗闇の中では、とうてい歌詞を書きとめることはできない。

（なんてこと）

ココノツが舌打ちをした。

（どうして、こう上手くいかないのかしら）

（叔父さんが云ってたよ。いまはぐっすり眠っちゃってるけどね。前に云ってたんだ。何かとってもいいことが起きるときは、かならず神様が勿体ぶったり、出し惜しみをしたりするもんだって）

（勿体ぶりすぎよ。ああ、ホントじれったい）

（仕方ないよ。何かとってもいいことがあるのかもしれないし）

（懐中電灯とか持ってない？）

（そうだな——残念ながら持ってない）

（じゃあ、ホテルのフロントで借りてきて）

そうするしかないようだった。なんであれ、フロントに相談するしかないし、チェックインを対応してくれたホテルの人はとても丁寧で紳士的だった。

（よし、分かった。フロントへ降りてみるよ）

手探りで部屋を出ると、廊下のあかりまで明滅していて、じきにこと切れてしまいそうだった。どうにか、エレベーターのあかりだけは問題ないようで、さっと乗り込んで階下へ降りると、フロントのあるロビーは部屋の中と同じようにほとんど真っ暗だった。

エレベーターから漏れ出たあかりがロビーを照らしている。

そのわずかなあかりが闇の中にあるものをぼんやりと浮かび上がらせ、闇の中から誰かが僕の方を見ているのが分かった。

「おい」

その誰かが声をかけてくる。

「もしかして――」

誰だろう?

「オリオじゃないか」

その声で分かった。

「どうして、こんなところにいるんだ?」

電球交換士のトビラさんだった。

44……青い怪物

トビラさんこそ、どうしてこんなところにいるんですか、と喉元まで出かかったが、そういえば、トビラさんは仕事でエクストラへ行くと云っていた。

ただ、たしかタイミングが――、

「予定より早く来たんだよ。デカい交換がひとつキャンセルになったんでね」

トビラさんが救世主に見えた。

「まさか、オリオがこのホテルに泊まっているなんて――と云いたいところだが、エクストラには片手で数えられるくらいしかホテルがないからな。まぁ、ここで出くわすのは、さしてめずらしいことじゃない」

「どっちにしても、よかったです。出くわすのがめずらしくないとしても、このタイミングの良さは、さすがです」

Tobira

「だろ？」

トビラさんは電球交換士の七つ道具である梯子を抱えていた。

「俺はいつだってお待たせしない男なんだよ。必要とあらば、世界中、どこへでも飛んで行く。俺にもどうなっているか分からんが、いま世界でいちばん電球を交換して欲しい奴のところへ俺は現れる。そういうことになってるんだ」

「いえ、本当にそうなんです」

僕は咄嗟にそう答えたが、「世界でいちばん」は少しばかり大げさかもしれない。

「では、さっさと交換しちまおう」

トビラさんは天井に向かって梯子をするすると伸ばし、切れた電球に狙いを定めて、嘘のように軽々とのぼっていった。

エレベーターから漏れ出た光だけなのでロビーは薄暗く、特に天井のあたりは陽だまりではなく「闇だまり」とでも呼ぶべきものがあるようで、僕の目にはほとんど何も見えなかった。

でも、十秒と経たないうちに、ひとつ目の電球が交換されて光を取り戻した。

それは星がまたたきを取り戻したというより、命を失ったものに、ふたたび魂が宿されたような嬉しさがあった。

「このロビーはスイッチひとつですべての電球が点いたり消えたりするようになってる。だから、みんな一緒に寿命が尽きるんだよ。そうなるように俺が仕組んだ。そうすれば、いっぺんに交換できるからね」

人間の命や魂もこんなふうに交換できないものだろうか。

それとも、僕らには感知できないところで、日々、細胞が死んだり生まれたりを繰り返しているんだろうか。

トビラさんは鼻唄を歌いながら瞬く間にロビーの電球をすべて交換し、慣れた手つきでフロントまわりの電球を交換すると、エレベーターでひとつひとつ階をのぼりながら、廊下の電球を手ぎわよく交換していった。ホテルの支配人によれば、室内の電球で切れてしまったのは僕と叔父さんが泊まっている二〇七号室だけで、

「ああ、そうだった」

トビラさんが肩をすくめて首を振った。

「たしかに俺の記録でも」

とポケットから手帳を取り出して確認し、

「二〇七号室だけ、前回のメンテナンスで交換しなかった。まだ元気だったからね。たぶん、ロビーのタマが切れるまで保つだろうと踏んだんだ。まぁ、いちおう当たりだったけど、まさか、この部屋にオリオが泊まるとは思いもよらなかった」

トビラさんは僕らの部屋の電球も素早く交換し、

「以上」

きっぱりそう云うと、切れた電球を投げ込んだ布袋を肩に背負いながら、

「おい、オリオ」

と僕の顔を覗き込んだ。

「なにがあったか知らんが、なんであれ、悲しむことはない」

急にそんなことを云い出した。

「この世は回りつづけてるんだ。回りながら動いてる。それがこの世の唯一の法則だ。今日が終われば、今日とは違う明日がやって来る。たとえ、今日が悲しい日であったとして

も、否応なしに今日は終わって明日になる。明日はもう今日じゃない。明日はもう悲しい日じゃないってことだ」

どうしてトビラさんがそんなことを云うのか僕には分からなかった。

僕は悲しい顔をしているのだろうか？　そう問い質す間もなく、

「じゃあ、またな」

トビラさんは振り返ることもなくさっさと行ってしまった。トビラさんの話が本当なら、いま世界でいちばん電球を交換して欲しい人のところへ向かうのだろう。

トビラさんは、ほとんど音もたてずに部屋の電球を交換してくれたが、その一連の作業のあいだも叔父さんは目を覚まさず、僕が机に向かって、

（ごめん、やっと電球がよみがえった）

とココノツに話しかけたときも、安らかな寝息をたてていた。

（ココノツ？　聞こえてる？）

（大丈夫よ。聞こえてる。ちょっと、うとうとしちゃっただけ）

（もし、眠いんだったら、今夜じゃなくても——）

（平気よ。眠気はもう覚めたし、急いだ方がいいような気がするから）

（そうなのかな）

（これはわたしの直感であって、理屈じゃないの）

それなら仕方がない。これまでの経験からして、特に理由もないのに、「絶対にそうした方がいい」と信じられるものにこそ、本当のことが隠されているように思う。

僕はイレヴン氏の店で手に入れた羽根ペンを握りしめ、ハルカさんからもらった〈五番目のブルー〉の蓋をあけて、ペン先をインクに浸した。

（じゃあ、読み上げるから、よく聞いて）

心なしかココノツの声が震えているような気がした。

それとも、僕の胸が震えているのだろうか。そこにもまた理由が思い当たらず、そうして理由もなしに震えを引き起こすものが、僕にもココノツにもあった。

ココノツはゆっくりでもなく早口でもなく、ちょうどよく聞きとりやすい速さで、二十一番までつづく長い長い唄の歌詞を読み上げた。僕はすでにあの図書館でミランダさんが読み上げたのを聞いているのだが、あのときは何故かひとつも言葉が頭に入ってこなかっ

Blue
5

た。読み上げられる言葉より、自分が置かれている状況があまりに不可解で、いったい僕は何をしているんだろうと、心が他所(よそ)を向いていたせいだ。

でも、いまは違う。

なんだかずいぶんと遠回りをしてしまったけれど、長いような短いような旅をつづけてきて、いまここでこうして、この唄の歌詞を書き起こすことが、自分のなすべき仕事なのだと確信していた。

僕は初めてその歌詞と向き合うことができた。

ただし、向き合えたのは僕の体の中のどこかにある「心」だけで、次々とココノツが読み上げていく歌詞の一行一行を理解しているとは云い難かった。はっきり云って、何を云わんとしているのか分からない。理解できたのは最初の方——具体的に云うと、四番くらいまでで、五番に入ると、言葉のつながりが正しいかどうかも判断できなかった。

(あのね)

ココノツが十番まで読み上げたところで息をついた。

(わたしのせいじゃないのよ。わたしは間違いなく正確に書きとめてきたんだから。なの

に、オリオが歌詞の意味を理解できないのは、オリオのせいでもなければ、わたしのせいでもないの。そういう歌詞なのよ)

それはたとえば、こんな感じだった。

世界はいつも青で、青はいつだって世界そのもの。
虹の中にその色を見つけても、
川に吹き寄せる風の色は透明で変わらない。
なにひとつ前へ進んで行くこともないし、
誰ひとり、ここへ帰ってくる者もいない。
なにひとつ先へ進まない代わりに、
城のまわりに世界の終わりが来ることもない。

僕は何かに取り憑かれたように、ココノツが読み上げる歌詞をひたすら文字に書き起こした。〈五番目のブルー〉で文字を書いたのは初めてだったが、書けば書くほど、その色は〈六番目のブルー〉に近づいているような気がする。

というより、ふたつの色にはほとんど差がなく、「これは〈五番目のブルー〉だ」と先入観があるから違いを感じるだけで、あるいは、単なる思い込みや錯覚なのかもしれなかった。ふたつの色は同じ色で、〈六番目〉にあって〈五番目〉に欠落しているものなど本当にあるのかと疑ってしまう。いずれにしても、カナタさんや博士はともかくとして、僕の目で確かめられる違いではなかった。

であるなら——。

何も頑なに〈六番目〉にこだわらなくてもいいのではないか。

（オリオがそう思うなら、それでいいんじゃない？）

ココノツが歌詞を読み上げるのをやめて、そう云った。

（オリオは、ベルダさんがつづけてきたものを継承したいんでしょう？　うまく云えないんだけど——この旅を経験したことが、そのまま継承になっているような気がするの）

（そうなのかな）

（ずっとベルダさんのことを考えて——いえ、ベルダさんだけじゃなく、いまはもうこの世からいなくなってしまった人たちのことを想って、その想いを馳せる時間を持ったことが、そのまま継承になるんじゃない？）

（それで本当にいいんだろうか）

（だって、わたしたちに出来るのはそれだけじゃない？　継承っていうのは、きっと、受け入れるってことよ。ベルダさんを想う時間を経たことで、〈六番目〉ではなく〈五番目〉でいいとオリオが受け入れるなら、それがもう答えなんだと思う）

ココノツはたぶん間違っていない。僕もどこかでそう考えていた。

この旅を終えたとき、ベルダさんとの別れも終わりになる。そして、別れがきちんと完結したら、僕の中にベルダさんがやって来るのだ。僕の中に居座り、ベルダさんと僕はひとつになる。そして、ひとつになった僕が、「それでいい」と思い決めたなら、その選択はおそらく間違っていない。

（じゃあ、つづけるね――）

ココノツが歌詞のつづきを読み上げた。

それは長い唄の終わりが見えてきた十七番目に当たる歌詞で、それまでとは言葉のリズムも変わって、こんな感じだった。

声が聞きたくてここへ来た。
ドアをあけて欲しい。
あの小さな犬はあれからどうなった？
空よりも美しい青い実を食べていた。
そして、あの犬の目には、
これから始まる世界が、全部、映ってた。

夜が始まるとき、すべてのドアというドアがひらく。
たしかなことなどひとつもないが、
あの小さな犬の目の中で、
これから始まる世界が光ってた。

読み上げるココノツの声はあきらかに震えていて、その震えに気づく前に、僕はどうしようもなく自分の胸の奥深くから湧き上がってくるものを抑えられなかった。

どうしてなのか分からない。この歌詞が示す事柄や、ひとつひとつの言葉のつらなりに何かを見出したわけではない。

そうではないと思う。

何なのか分からないけれど、これらの言葉の向こう側に——もしくは、言葉が波打つ海の下に、その深い深いところに、僕がこれまで抱えてきたものが隠されていた。隠されているので、それが何であるかを云い当てることはできない。

青い青い海の底にいる怪物のように、それは決してこちらに姿を見せなかった。ただ息をひそめてじっとしていた。

でも、いまはじめて、それがゆっくり浮上して、言葉の波間を突き破るようにこちらへ顔を出した。心の奥のいちばん柔らかいところへ青い怪物の手が伸びてきて、やさしくやさしく、そっと触れてくる。

こらえきれずに、あふれ出てくるものがあった。

心が溶けて、なめらかな液体になり、あふれ出したそれは、歌詞を書きとっていく僕の手に、ペンを握った手に、ペンの先からほとばしる青いインクに、とめどなくこぼれて、滲（にじ）んでひろがった。

涙だった。

45……ハイドとシーク

「おい」

叔父さんの声で目が覚めた。

「お前は、これをどうやって手に入れたんだ」

ひと晩ぐっすり眠ったことで、通常運転の叔父さんを取り戻したらしい。声に張りがあって、髪の毛の一本一本までつやつやしている。

「友達があの図書館へ行って、書き写してくれたんだ」

僕は眠い目をこすりながら答えた。

「叔父さんが眠っているあいだに、電話で聞いて書き起こしたんだけど」

「ほう、なるほど」

叔父さんはいつになく真剣な眼差しで、僕が書き起こした歌詞を、ぶつぶつ云いながら読んでいた。

「しかし、何がなんだか、さっぱり分からんな」

いつもなら、そう云ったあとに、手にしていたものを放り出すところだが、

「博士に訊いてみよう」

叔父さんは深く安らかな眠りによって、何もかもが更新されたようだった。

「博士なら、何か分かるかもしれん」


眠りというのはじつに大したものだ。世界は休みなく回りつづけているけれど、もしかすると、眠りに就くことで、この世界の外へ出て行けるのではないか。これはまだ仮説であって、立証には時間がかかる。でも、もしそうではないとしたら、どうして、この世界を生きるものは、皆、眠るんだろう。

世界が回りつづければ、人もまた、否応なしに回りつづける。それでは身も心も保たない。だから人は――人だけじゃない、すべての生あるものは――眠りによって、この世界の外へ出て行くことを覚えた。

はっきり云って、それは小さな死だ。電球が切れてしまうみたいに。

でも、電球がそうであるように、たとえ切れてしまっても、新しいタマに交換すれば、何度だって生まれかわれる。

われわれはそのようにして、夜ごと小さく死んで、毎朝、新しく生まれかわってきた。

この思いもよらない荒業に、眠ることを知らない世界は面食らっているんじゃないか。

死んだふりをしてでも、世界にしがみついているなんて、どれだけ僕らはタフなんだろう。いや、タフでないはずがない。間違いなく、この世でいちばん大きな「世界」なるものと、毎日、戦っているようなものなんだから。

＊

「ほう、なるほど」

ダン博士は叔父さんとまったく同じ口調で、驚きながらも感心していた。

「ご苦労さまでした」

ミスター・イレヴンも僕が差し出した歌詞の写しを眺め、「これは——もしかして？」と僕に確かめた。

「ええ、イレヴンさんの羽根ペンで書きました」

「それはそれは」と嬉しそうだったけれど、どうやら歌詞の内容はそっちのけで、羽根ペンの筆致や、かすれ具合を確かめているようだった。

一方、博士は、「ふうむ」と頷き、二十一番までつづく歌詞を順に読み進めて、

「さて、一体、何を伝えようとしているのか、さっぱり分かりませんな」

と首をひねった。

「そうですか」

叔父さんは唇を嚙み、「博士でも解読できませんか」と声を落とすと、突然、博士が、

「むむっ」と前のめりになった。

「これは？」

僕の方を見て、歌詞の一部を指差している。

「これは、どうしてこうなったのでしょう？　文字が滲んでいるではないですか」

博士が指差したのは、あの十七番目の歌詞で、「どうして？」と訊かれても、よく分からない。

「このあたりに差しかかったとき、なぜか急に涙が出てきて」

そう答えると、

「ということは、涙で文字が滲んでいるのですな」

博士は興奮しているようだった。鼻の下の白い髭が荒々しい鼻息でそよいでいる。

「インクは何を使いましたか」

「ハルカさんからいただいた〈五番目のブルー〉です」

「なんと――」

博士は胸ポケットから虫眼鏡を取り出すと、文字の滲みをじっくり覗き込んで、

「間違いありません！」

研究室に並ぶインク壜がいっせいに震えるような声を響かせた。

「涙が滲んだところだけ、インクの色が〈六番目のブルー〉になっておる！」

「涙ですか――」

イレヴン氏が歌詞を覗き込み、

「〈六番目のブルー〉にあって、〈五番目のブルー〉に足りなかったのは、涙だったとは」

「そうなんですか」

僕と叔父さんは揃って声を上げた。

「そういえば」

僕はカナタさんから聞いたことを余すことなく博士に話した。

「じつは、〈五番目〉だけではなく、〈六番目〉もカナタさんがつくっていたのです。でも、カナタさんは、どうしてつくれたのか分からず、どうしてつくれなくなったのかも分からないとのことでした」

（でも）とココノツの声が聞こえた。（ハルカさんが云ってたでしょ。兄が〈六番目のブルー〉をつくることができたのは、わたしを失ったからだって）

「この歌詞は、ひとつひとつ検証していく必要があるでしょう」

博士は新しい研究材料を前にし、若返ったかのように背筋が伸びていた。

「いまの時点で云えることは、なんらかの深い悲しみ——それはおそらく大事な人を失った悲しみでしょう——そのような大きな悲しみにくれた者が〈五番目のブルー〉をつくったとき、悲しみを孕んだ涙が作用して、新しい色が生まれたのです。それがおそらくは、〈六番目のブルー〉の正体で、これまでの研究で謎だったのは、いまがまさにそうであるように、ときどき、〈六番目〉はこの世から姿を消すのです。そのたび、原料となる石がなくなったと云われていましたが、どうやらそうではないらしい。〈六番目のブルー〉をつくっている者が深い悲しみを克服すると、この世から姿を消すのでしょう」

「ちょっと待ってください」

博士の隣で歌詞に目を通していたイレヴン氏が声を上げた。

「これは、子供のころ、かくれんぼをするときに歌っていた〈ハイドとシークの唄〉です」

「ハイドとシーク？」と博士が宙を見つめた。

「いえ、子供たちが勝手にそう呼んでいただけですが——」

「こんなに長い唄を歌っていたのか」

「いや、そうではなく、この十五番と十六番だけです。他のところは知りません」

イレヴン氏は急に歌い出した。

ハイドはみんな青い実だ
見つからないよう、隠れてしまえ
青く深い森に隠れよう
シークがやってくる前に

けれども、シークはやってくる
真っ赤なりんごで森を照らし、
いちばん美しい青い実を見つけ出す
いちばん美しい青い実を見つけ出す

最初は歌詞を見ながら歌っていたが、そのうち目を閉じて、子供に戻ったかのように声を張り上げた。

「おお」と今度は叔父さんの鼻息が荒くなる。「これだ！　これこそ、われわれが探していたメロディーに違いない」

それはとてもシンプルで、まさに子供でもすぐに覚えられるような旋律だった。

このメロディーが楽譜と一緒に伝わらなかったのは、たぶん、耳で覚えて歌い継いできたからだろう。それはもしかすると、子供たちによって歌い継がれてきたのかもしれず、だとすれば、長い年月のあいだに、変化したり、進化したりしているのかもしれない。

でも、それでいいのだと思う。人は夜が来るたび、小さく死んでは新しく生まれなおしてきた。それがこの世界を生き抜いてゆく知恵で、少しずつ変化したり進化したりしながら、自分たちが歌いやすい唄を身につけてきた。

引き継ぐというのは、きっとそういうことだ。その人をそっくり真似るのではなく、その人の思いと自分の思いがひとつになることを云うのだ。

真っ赤なリンゴで森を照らし、

いちばん美しい青い実を見つけ出す

いちばん美しい青い実を見つけ出す

*

「ほう、なるほど」

意外なことに、ミランダさんまで叔父さんや博士と同じ口調になった。

「しかし」

頭の上にのせていた林檎を手にとると、きれいに磨かれた前歯でさくさくと齧(かじ)った。

「見つかった旋律は十五番と十六番だけなんだね」

叔父さんにとって、いちばん耳の痛いことをさらりと述べた。

「ええ――まぁ――そうなんですけど」

叔父さんはいつもの調子で得意げにギターを弾き、イレヴン氏から教わった覚えたてのメロディーを歌い上げた。でも、ミランダさんの言葉に気圧されて、しどろもどろになっている。

「しかしながら」

ミランダさんは林檎を齧り、

「この唄が子供たちによって歌い継がれてきたことを見つけ出したのは、大変、素晴らしい発見でした」

ミランダさんの足もとには、ココノツから聞いていたおとなしく大きな犬がいて、ミランダさんはときどき犬の顔を見ては、

「いい子だ、ホリー」

とその名を呼んでいた。

ホリーは大きな体の至るところに白と黒とが混じり合った模様があり、あたかも誰かが編んだ着心地のいいセーターを着ているみたいだった。ときおり、賢そうな目でミランダさんを見上げ、決して吠えたり唸ったりせず、

（こうしているのが、いちばん安心なのです）

とその声が聞こえてくるようだった。

「これは図書館の仕事に携わってきたものの勘ですが、おそらく、この二十一番までつづ

く長い歌詞は、そうしたいくつもの伝承歌をつぎはぎしたものなのでしょう。ところどころ、言葉につながりがあるとしても、言葉づかいや調子が統一されていない理由もそれで納得できます。もとは、様々な仕事の職人たちが歌っていたのかもしれません。きっと、それを子供たちが真似て、自分たちの遊びに採り入れたのです」

ミランダさんは林檎を芯のところまで齧ると、芯に残った種をひとつつまんで、こちらに見せた。

「ご覧なさい。この種を土に埋めて水を与え、丁寧に育ててやれば、そのうち芽を出して茎を伸ばし、やがて立派な樹木になります。そして、いずれは赤い果実を実らせる」

叔父さんが真剣な顔で聞いていた。

「そしてまた、こうしてその赤い果実を齧り、最後に種が残って、また土に植える。分かりますか？　大事なのは、この種なんです」

叔父さんが大きく頷き、僕もまた大きく頷いて、

（本当にそう）

とココノツも同意していた。

「あなたたちは、私と兄が探していたものの芯に辿り着き、いちばん大事な種を見つけ出しました。それは最大級の賞賛に値します。よって――」

叔父さんが息を呑む音が伝わってきた。

「約束どおり、とっておきのご褒美を差し上げましょう。いま準備をしてきますから、ここでお待ちなさい」

ミランダさんはホリーを従えて部屋を出て行った。

「おい」

叔父さんが僕の脇腹をつつく。

「何をもらえると思う？ もしかして、金ののべ棒か。それとも、俺の好きなTボーンステーキを一年分とか――」

「あまり、期待しない方がいいと思うよ」

僕は叔父さんががっかりしないよう、前もって云っておいた。これまでの経験からすると、たいていの場合、叔父さんが望んだものが都合よくあらわれることはなかった。あまりに期待が大き過ぎるからだ。それで、ものすごくがっかりしてしまう。やみくもに大きな期待をしてはいけないのだと僕は叔父さんからつねづね学んできた。

大体、金ののべ棒なんて、いただけるわけがないのだし――。

「終列車！」

突然、叔父さんが大きな声を上げ、視線の先を見ると、いつのまにかミランダさんがそこにいて、ホリーではない別の小さな犬を抱いていた。

「終列車！　終列車じゃないか」

叔父さんの目の色が変わり、ミランダさんにというより、その犬に急いで駆け寄った。

終列車は叔父さんが若い頃に飼っていた犬だから、どんな犬だったのか僕はよく知らない。写真ものこっていない。けれども、ミランダさんが抱いている小さな犬が終列車と瓜ふたつであることは、叔父さんの様子からはっきりうかがえた。

体に白と黒のいびつな模様があり、とても賢そうで遠慮深い。

「また会えるなんて」

叔父さんのふたつの瞳から、見たことのない澄んで透明な涙がぼろぼろとこぼれ落ちた。

「この子をあなたに差し上げましょう」

ミランダさんは生まれたての赤ちゃんを扱うように注意深く叔父さんに子犬を渡し、受けとった叔父さんが優しく胸に抱くと、子犬は叔父さんの涙をぺろぺろと舐めた。

「ホリーを引き取ってから、ときどきシェルターへ出向いては、何匹か連れて帰るようにしているの」

ミランダさんは愛おしそうに目を細めた。

「気に入っていただけましたか」

「気に入ったも何も、これは俺の犬なんです――ずっと昔から」

叔父さんは透明な涙を流し、腕の中の小さな犬を――終列車を強く抱きしめた。あの日、僕を抱きしめてくれたように。

「心配するな、ずっと一緒だ」

とそう云って。

＊

こうして僕らは僕らのアパートに帰ってきた。

僕ら、というのは僕と叔父さんのことだったけれど、いまはもう、僕と叔父さんと終列車のことだ。終列車はすぐになつき、しきりに尻尾を振って、車の中では僕の膝の上で体を丸めていた。

僕は腕時計で時間を確かめた。

ココノツが云っていたとおり、旅の行き着くところは自分の居場所にほかならない。短い旅だったようにも思うけれど、それは旅に費やされた時間の話であり、僕がこの旅で得たものは、時計ではかれる時間の中にはとうてい収まらなかった。

それに、物理的にこのアパートから出発して、このアパートに帰ってきたとしても、それで旅が終わったと決めつけてしまうのはどうなんだろう。現に叔父さんはアパートに帰り着くなり、さっそく終列車を連れ出し、彼のために、ブラシやフードやハーネスなんかを買いに行った。

僕は僕ですぐに行きたいところがあり、気もそぞろで、居ても立ってもいられなかった。

街へ出ると夕方になっていて、どうしてか、見慣れているはずの店々の看板や、循環バスや、交差点の信号機が、いちいちいつもと違って見える。どこか遠くへ来ているような錯覚が起き、街を照らすあらゆる街灯と、夕方の空へのぼった大きな月が、交換したての電球のように新鮮な光を放っていた。

僕は車やバスが行き交う音を聞きながら大通りに沿って歩き、光と音の中をくぐり抜けてマリオの店を目指した。

マリオの店は、誰にも気づかれることなく空から落ちてきた小さな星のようにそこにあった。カウンターの中にはいつもどおりマリオがいて、カウンターで待っていたココノツがこちらへ振り向くなり、

「おかえり」

胸の中からではなく、店の中の空気が震えて僕の耳に届いた。

「おかえり、オリオ」

マリオがコーヒーをいれている。香りと湯気が立ちのぼり、ガラス越しに街が見えて、人々が行き交っていた。

誰も大きな声を上げることなく、落ち着いていて、何も変わらず、急いでしなければならないこともないし、差し迫った問題を解く必要もない。

なにより、すぐ隣にココノツがいた。

(君のおかげで、とてもいい旅になった)

いつもどおり胸の中でそう云うと、すぐ隣にいるからなのか、ココノツの声が胸の中から返ってこない。

「わたしたち、もう心の中で話さなくていいのよ」

ココノツが笑った。

「でも、無理におしゃべりしなくてもいいの。心が通じ合っているんだから。この旅でよく分かったでしょ。わたしたちは、どんなに離れていても、いつも一緒だって」

人と人はすぐ隣にいることで絆が深まっていくように思う。でも、遠く離れることで、より親密になることもある。

ベルダさんがそうだ。すぐ隣にいたベルダさんは遠くへ行ってしまったのではなく、すぐ隣どころか、いまは僕の中にいる。いつどんなときでも、その声が聞ける。話ができる。

この世界は嬉しいことと悲しいことを繰り返しながら回りつづけている。

だけど、時間や距離ではかれるものがすべてじゃない。僕はこの旅でそれを知った。

「ほう？　少し背が高くなったんじゃないか」

僕の前にコーヒーを差し出しながらマリオが冗談を云った。

「わたしもね」とココノツが自分を抱きしめるような仕草をした。「わたしも少しだけ背が伸びたかも。伯母さんがそう云うの。『ココノツはもう一人前だ』って。わたし、どうしようかってずっと考えてたんだけどね、もう迷わない。オリオがベルダさんの仕事を引き継ぐように、わたしはいつかアケミ伯母さんの店を引き継ぎたいと、はっきりそう思ったの」


それでも旅は終わらない。

僕はこれから、僕という一人の人間を一生かけて探索したい。

僕がどんな人間であるか知りたいからだ。それは旅することによく似ている。僕以外の誰が「僕」を旅するだろう。僕がそれをしなければ、この世界にこうして確かに存在しているこの「オリオ」を、誰が探索して、より深く知りたいと思うだろう。

「え？　わたしがいるじゃない」

横断歩道を渡りながらココノツがつぶやいた。

博物館は全館のメンテナンスを終えて通常の運営に戻ったが、今日は週に一度の休館日で、僕らは特に行くあてもなく街を散歩していた。

僕らというのは僕とココノツと終列車のことだ。叔父さんはまた旅に出てしばらく帰ってこない。イレヴン氏から教わった〈ハイドとシークの唄〉が好評で、口コミで広がって、あちらこちらから「歌ってくれ」と招ばれている。叔父さんの話なので、本当かどうか分からないけれど、「レコードを出す予定もあるんだ」とか。

そんなわけで、まだほんの子犬の終列車を長旅に連れて行くことは出来ず、留守のあいだは僕とココノツが面倒を見ていた。

「インクの調子はどう？　〈五番目のブルー〉で問題ない？」

ココノツは真っ青な空に浮かんだ白い雲を見上げていた。

「何も問題ないよ」

僕も雲を見て答える。

「〈五番目〉も〈六番目〉もカナタさんがつくったものだしね」

「もとは同じ色だったとは――」

「博士の報告によると、〈六番目のブルー〉は〈五番目〉をつくっていた職人が深い悲しみに触れたときに偶然つくられたものであったと正式に解明されたらしい。歴代すべてがそうで、カナタさんがそうであったように、職人たちは、なぜ自分に〈六番目〉がつくれるのか、理解していなかったらしい」

「ハルカさんもカナタさんも、〈五番目〉がいちばん素晴らしいと主張していたけど――いま思うと、悲しみを孕んでいないブルーこそが本当に素晴らしいものなんだと直感的に感じとっていたからなのよね」

「〈六番目〉はたしかに美しいブルーだけど、あの美しさは深い悲しみによってつくられたものだから――」

雲はゆっくり動いていた。

「だから、いまこの世に〈六番目のブルー〉が存在していないということは、深い悲しみも存在していないってことなのかもしれない。もし、この事実をベルダさんが知ったら、きっとベルダさんも『そういうことなら』と〈五番目のブルー〉を使うようになったんじゃないかと思う」

交差点まで来て市役所の方へ行きかけたとき、信号が赤に変わって立ちどまった。すると、いつも大人しい終列車が急に何かに向かって吠え始め、何か――とそう云うしかないのは、終列車が吠えている先には誰もいなかったからだ。誰もいないどころか、郵便ポストのひとつもない。

奇妙な感覚に包まれた。

僕はいまこのときをすでに経験している。

そんな気がしたのだ。こんなふうにココノツと二人で終列車を連れて散歩し、終列車が吠えると、その人の声が――ハルカさんの声が、

「また会えたわね」

と聞こえてきた。

あのとき、どんな話をしたか覚えていない。

そもそも、どうしてこんなところにハルカさんがいるのだろう。

そうだ。あれは観覧車の下でうたた寝をしてしまったときに見た夢だった。

それとも、あれはハルカさんとカナタさんが、深い悲しみに見舞われた僕に見せてくれた、ひとときの未来だったのか――。

「時計を巻き戻すのはもう終わり」

ハルカさんはそう云いたかったのかもしれない。

「だから、おそれることなく未来へ進んで行きなさい」と。


信号が青に変わった。

◉初出
「読楽」2022 年 8 月号〜 2023 年 10 月号
※単行本化にあたり、加筆・修正しました

吉田篤弘
よしだ・あつひろ

1962年東京生まれ。小説を執筆するかたわら、クラフト・エヴィング商會名義による著作とデザインの仕事を手がけている。著書に『つむじ風食堂の夜』『それからはスープのことばかり考えて暮らした』『イッタイゼンタイ』『電球交換士の憂鬱』『台所のラジオ』『おやすみ、東京』『月とコーヒー』『おるもすと』『チョコレート・ガール探偵譚』『天使も怪物も眠る夜』『流星シネマ』『屋根裏のチェリー』『ぐっどいゔにんぐ』『なにごともなく、晴天。』『中庭のオレンジ』『鯨オーケストラ』などがある。

それでも世界(せかい)は回(まわ)っている　3

2024年2月29日　第1刷

著者
吉田篤弘

発行者
小宮英行

発行所
株式会社 徳間書店

〒141-8202
東京都品川区上大崎3-1-1
目黒セントラルスクエア

編集　03-5403-4349
販売　049-293-5521
振替　00140-0-44392

本文印刷　本郷印刷株式会社
カバー印刷　真生印刷株式会社
製本所　ナショナル製本協同組合

ISBN 978-4-19-865780-2

吉田篤弘の本

月とコーヒー

一日の終わり、寝しなに読んでほしいとっておきの24篇。
忘れられたものと、世の中の隅の方にいる人たちのお話です。

四六判変型

それでも世界は回っている 1・2

14歳の少年オリオは、「奇妙な惑星」博物館の保管室長を引き継ぐ。
ところが、保管記録に必要なインク、〈六番目のブルー〉が見つからない。
オリオは幻のインクをもとめて旅に出る。

四六判変型

電球交換士の憂鬱

人々の未来を明るく灯すはずなのに。
電球交換士は今日も事件に巻き込まれる。
謎と不思議が絶妙にブレンドした連作ミステリー。

徳間文庫